Andrea Ulmer

Das Leben ist zu kurz für kompliziert

Andrea Ulmer

Das Leben ist zu kurz für kompliziert

Boje

Dieser Titel ist auch als E-Book erschienen

MIX
Papier aus verantwortungsvollen Quellen
FSC® C014496

Originalausgabe

Umschlaggestaltung: Carolin Liepins, München
Satz: Dörlemann Satz, Lemförde
Gesetzt aus der Garamond
Druck und Einband: GGP Media GmbH, Pößneck

Printed in Germany
ISBN 978-3-414-82513-1

5 4 3 2 1

Sie finden uns im Internet unter: www.boje-verlag.de
Bitte beachten Sie auch www.luebbe.de

Kapitel 1

Natürlich wusste ich schon immer, dass ich einen Vater hatte. Jeder hatte einen, auch wenn Jenny immer behauptete, die unheimlichen Harmeier-Zwillinge aus der Klasse unter uns wären sicher aus einem Reagenzglas geschlüpft oder so was.

Aber im Gegensatz zu den meisten anderen Leuten in meiner Klasse hatte ich meinen Vater noch nie gesehen.

Und er schien entschlossen zu sein, auch weiterhin durch Abwesenheit zu glänzen, während ich am Hamburger Hauptbahnhof darauf wartete, von ihm abgeholt zu werden. Ganz großartig.

Dabei war ich mir mit meiner Idee noch so toll vorgekommen: der Unterbringung in einer Jugendwohngemeinschaft zu entgehen, indem ich behauptete, unbedingt zu meinem Erzeuger ziehen zu wollen, solange meine Mutter nach ihrem Unfall im Krankenhaus und in Reha war. Immerhin war alles besser, als mir auf unbestimmte Zeit eine vom Jugendamt betreute WG mit sechs Leuten teilen zu müssen, die … eventuell mehr als nur ein bisschen komisch waren.

Angeblich hatte ein Freund von Jennys Bruder in so einer WG gewohnt, bis er zu alt dafür geworden war. Der war nämlich seiner drogensüchtigen Mutter weggenommen worden. Doch Jenny zufolge schleppte er deswegen einen ganzen Haufen psychischer Probleme mit sich rum, und manchmal tickte er eben einfach aus. Ich hatte genug Probleme ohne austickende Mitbewohner.

Ich seufzte, kämpfte einen Moment mit dem Ausziehgriff des schweren Koffers, der fast alle meine wichtigsten Habseligkeiten enthielt, und zog das unhandliche Teil dann den Bahnsteig hinunter. Auf einer Galerie über den Gleisen lockte ein gelbes M. Mein Magen knurrte.

Ich hatte meiner Mutter nie glauben wollen, wenn sie sagte, mein Vater sei ein Versager gewesen. Sie drückte das natürlich netter aus. Sie drückte alles netter aus, zumindest hatte sie das bis vor Kurzem. »Nicht für ein Familienleben geeignet«, waren ihre Worte gewesen. Früher hatte ich mir immer vorgestellt, dass er eine Art Geheimagent war und uns hatte verlassen müssen, damit wir nicht zum Ziel seiner Feinde wurden. Ich hatte mir vorgestellt, wie er eines Tages kam, mich in sein Geheimagentenleben einweihte und wir gemeinsam Superschurken das Handwerk legten.

Erst als ich älter geworden war, hatte ich verstanden, dass »Nicht für ein Familienleben geeignet« in Wirklichkeit »Versager« hieß. Deshalb hatte meine Mutter ihn verlassen, als ich noch nicht mal ein Jahr alt gewesen war. Wahrscheinlich damit sein Versagertum nicht auf mich abfärbte.

Ich stand auf der Rolltreppe, als ich den Typ mit dem Schild sah. Einer der Gleisanzeiger hatte es bisher verdeckt. Es war ein Stück Pappe, auf dem in großen schwarzen Buchstaben mein Name geschrieben stand. Svenja. Wer stellte sich denn heutzutage noch mit einem Pappschild an den Bahnhof? Mein Vater offensichtlich.

Ich zögerte. Vielleicht war aber auch eine andere Svenja gemeint. Dann wäre es echt peinlich, den Typen anzusprechen. Er sah nicht aus wie ein Versager. In der Anzughose und dem nur leicht knittrigen Hemd hatte er sogar mehr etwas von einem Geheimagenten. Na gut, ein Geheimagent, der schon bessere Zeiten gesehen hatte.

Und James Bond hätte sicher nie an einem Bahnhof ein Pappschild hochgehalten.

Ich erreichte das Ende der Rolltreppe und wuchtete mein Koffermonster aus dem Weg, bevor die Frau hinter mir darüberstolpern konnte. Langsam ging ich auf den Mann zu. Ich konnte ja immer noch so tun, als wollte ich nur zu dem Bäcker hinter ihm.

Aber da entdeckte er mich und runzelte die Stirn. Dann sah er auf ein Blatt Papier hinunter, das er in der anderen Hand hielt. War das ein Foto? Ich hatte ewig im Internet nach einem von ihm gesucht, aber anscheinend besaß Frederik Peters, das war sein Name, nicht mal einen Facebook-Account.

»Svenja?«

Ich blieb vor ihm stehen. Aus der Nähe entdeckte ich ein

paar graue Strähnen in seinem Mann-von-Welt-Haarschnitt.

»Ähm … ja?«

Er lächelte breit. »Ich freue mich, dich endlich kennenzulernen.«

Ich hatte gerade acht Stunden im Zug gesessen, riesigen Hunger und schon viel zu lange diesen schweren Koffer hinter mir hergezerrt. Außerdem lag meine Mutter im Krankenhaus und irgendwelche Idioten vom Jugendamt hatten Mist beschlossen, den ich jetzt ausbaden durfte. Ich hatte echt keine Lust, nett zu sein. »Du hattest vierzehn Jahre Zeit, mal zu Besuch zu kommen.«

Kurz flackerte ein verletzter Ausdruck über sein Gesicht, und meine Worte taten mir leid. Dann nickte er einmal knapp, nahm meinen Koffer und bedeutete mir, ihm zu folgen.

»Ich habe mein Arbeitszimmer für dich freigeräumt«, erzählte er, während er ihn in Richtung der U-Bahn-Gleise zog. Er redete schnell, als könnte er meine letzte Bemerkung einfach mit einer Flut von Worten davonspülen. Ich konnte ihn mir wirklich nicht mit Mama vorstellen. Die hasste es, wenn man zu viel um den heißen Brei herumredete.

»Es fehlen noch richtige Möbel. Vielleicht können wir uns in den nächsten Tagen darum kümmern.«

Ich hatte richtige Möbel. Zu Hause. Ich presste die Lippen aufeinander. Hoffentlich würde diese Sache nicht noch schrecklicher werden als die WG.

Als ich schwieg, redete er noch schneller. »Die Schule fängt gleich morgen an. Ich habe denen gesagt, dass du vielleicht erst mal ein bisschen Zeit zum Einleben brauchst, aber anscheinend lassen die so was nicht gelten. Zum Ausgleich, dachte ich, gibt es heute Abend einfach mal Pizza. Ich hoffe, du magst Pizza. Und zum Nachtisch Eis?«

Ich schielte von der Seite zu meinem Vater hinüber. Versuchte er mich gerade mit Pizza und Eis zu bestechen, damit ich ihn mochte?

Am Gleis blieben wir stehen. Mein Vater drehte sich zu mir um und lächelte. Ein bisschen unsicher diesmal. Vielleicht sollte ich es etwas mehr würdigen, dass er sich immerhin Mühe gab, obwohl ich mit meiner Schnapsidee wahrscheinlich sein großartiges Singleleben durcheinanderbrachte.

»Pizza ist okay«, murmelte ich und versuchte nicht an die Sache mit der Schule zu denken. Eine neue Schule, neue Lehrer, neue Klassenkameraden …

Sein Lächeln wurde breiter.

Wir fuhren bis zu einer Haltestelle namens Burgstraße, dann ging es noch ein Stück zu Fuß weiter, bis wir vor einem roten Backsteinhaus standen. Also vor einem Haus, das genauso aussah wie die meisten Häuser, die ich von Hamburg bisher gesehen hatte. Irgendwer stand hier offensichtlich total auf roten Backstein.

Er schloss die Haustür auf, und wir stiegen eine knarzende Treppe hinauf zu einer Tür, von der an einigen Stellen bereits die Farbe abblätterte. Wohl doch eher Versager als

Geheimagent. Mein Vater musste zweimal ruckeln, bevor er die Tür mit der Schulter aufstemmen konnte.

Er trat vor mir ein – und ich blieb auf der Schwelle stehen.

Ich hatte mit dem Üblichen gerechnet. Garderobe, Schuhregal, solche Dinge. Aber irgendwer hatte offensichtlich beschlossen, dass Garderoben verzichtbar waren. Der Platz wurde gebraucht. Für Bücherregale.

Sie standen im Flur an jeder Wand, und sie waren bis oben hin vollgestopft. Ich entdeckte Sachbücher über Archäologie, Psychologie, Medizin und irgendetwas, das vage nach Physik klang, aber genauso gut irgendetwas Esoterisches sein könnte. Dazwischen steckten Zettel, Zeitschriften und Flyer.

»Komm rein«, drängte mein Vater. »Sonst rennt Horst raus.«

»Horst?« Hatte er einen besonders seltsamen Mitbewohner? Langsam schob ich mich in den Wohnungsflur.

»Horst!«, rief mein Vater, während er die Tür schloss.

Ein Geräusch wie eine Mischung aus Taubengurren und rostiger Kette erklang aus einem der angrenzenden Räume. Dann trippelte die hässlichste Katze auf uns zu, die ich je gesehen hatte.

Sie war mehr oder weniger rot, abgesehen von ein paar grauen Haaren um die Schnauze und den Ohren, die nicht wirklich rot waren, weil kaum mehr Fell auf ihnen wuchs. Sie sahen eher aus wie zerschredderte Papierfetzen, auf denen hier und dort ein paar rote Büschel sprossen. Auch der Kopf war voller Narben. Ein Eckzahn stand ein wenig schief aus dem Maul. Der Schwanz war ein puscheliger Stummel.

»Hey, Horst, alter Kumpel!« Mein Vater ging in die Hocke, und die Katze trippelte mit einem weiteren seltsamen Gurren auf ihn zu und ließ sich zwischen den Ohrresten kraulen. Nach einer Weile kam sie zu mir herüber und schnüffelte an meinen Schuhen.

Ganz vorsichtig beugte ich mich hinunter und streichelte Horst – wie kommt man bitte auf so einen Namen? – über den Rücken. Das Fell war erstaunlich weich. Er streckte sich kurz und rieb dann den Kopf an meinem Bein.

»Er mag dich«, sagte mein Vater.

»Hat er einen Kampf gegen einen Mixer verloren oder so was?« Ich streichelte versuchsweise den Kopf. Als ich die Ohren berührte, fühlten sie sich seltsam ledrig an.

Mein Vater hob die Schultern. »Hat sich wohl länger auf der Straße durchgeschlagen. Hab ihn in einem Müllcontainer gefunden. Hatte sich den Schwanz eingeklemmt.« Er zog meinen Koffer tiefer in die Wohnung. »Komm, ich zeige dir dein Zimmer.«

»Ausgeräumt« bedeutete, dass außer den Bücherregalen nichts mehr drin stand. Auch hier entdeckte ich Sachbücher zu allen möglichen Themengebieten. Außerdem lag eine Matratze samt Kissen und Decke auf dem Boden neben der

Heizung. In diesen Jugend-WGs hatten sie wahrscheinlich richtige Betten …

Ich schielte wieder zu den Büchern. »Sind die für deine Arbeit?«

Mein Vater winkte ab. »Nur persönliches Interesse. Meine Arbeit ist ziemlich langweilig. Das WLAN-Passwort steht auf dem Zettel auf deinem Kopfkissen. Ich dachte mir, das willst du vielleicht haben.«

Ich musterte ihn aus zusammengekniffenen Augen. Normalerweise kamen Erwachsene zwar noch von selbst darauf, dass man Eis zum Nachtisch haben wollte, aber das WLAN-Passwort boten sie einem nicht von sich aus an. Und normalerweise redeten Erwachsene gerne über ihre Arbeit, entweder um zu jammern oder um damit anzugeben.

Aber mein Vater schenkte mir nur wieder so ein breites Lächeln, dann stellte er meinen Koffer in einer Zimmerecke ab, wo Horst ihn sofort interessiert beschnüffelte.

»Ich schieb mal die Pizza in den Ofen.« Damit war er weg.

»Wie geht es deiner Mutter?«, fragte er, als ich gerade mein drittes Stück Pizza in der Hand hielt. Horst lag auf der Küchenbank neben mir, sabberte auf mein Knie und schnarchte. Mein Vater schien das nicht mal wahrzunehmen, er hatte die Hälfte seiner Pizza bereits vernichtet.

Ich schluckte den Bissen hinunter, den ich noch im Mund hatte, aber plötzlich schmeckte die Pizza nicht mehr. Ich legte das Stück auf den Teller zurück.

»Wie's einem halt so geht, wenn man vergessen hat, wie man spricht …« Ich hatte sie erst vergangene Woche das letzte Mal besucht. Da hatte sie gerade versucht, sich daran zu erinnern, wie man einen Apfel noch mal nannte. Sie war am Ende bei »Rotrundding« gelandet, was erstaunlicherweise sogar einen gewissen Sinn ergab.

»Und das ist bei einem Unfall passiert?«, fragte mein Vater.

Ich nickte und hoffte, er würde aufhören, darüber zu sprechen. »Verletzung des Sprachzentrums oder so ähnlich.«

Bei jedem meiner Besuche hatte ich ihr ansehen können, wie sehr sie selbst darunter litt, sich nicht ausdrücken zu können. Es war nicht so, dass sie plötzlich dumm geworden war. Sie wusste einfach nur nicht mehr, wie man kommunizierte. Worte ergaben keinen Sinn mehr für sie, egal ob gesprochen oder geschrieben. Mir stiegen Tränen in die Augen, wenn ich auch nur daran dachte. Wütend blinzelte ich sie weg.

»Was sagen die Ärzte, wann sie sich erholen wird?«

Ich hob die Schultern. Fragte er sich schon, wann er mich endlich wieder loswerden würde? »Vielleicht ein Jahr oder so. Deshalb bin ich ja hier …«

Er nickte nur. Für eine Weile schwiegen wir. Er aß seine Pizza, ich starrte ohne großen Appetit auf meine hinab, dann hielt ich es nicht mehr aus.

»Hör mal«, sagte ich. »Es tut mir leid, dass ich dein Singleleben durcheinanderbringe und so. War wahrscheinlich eine blöde Idee. Ich hab einfach Panik gekriegt, weil sie mich in so eine WG stopfen wollten. Wir können auch einfach so tun, als würde ich hier wohnen, und ich …«

»Das war eine hervorragende Idee«, unterbrach mich mein Vater mit vollem Mund. Ernsthaft, wie waren er und Mama überhaupt bis zum ersten Kuss gekommen? »Und du bringst nichts durcheinander.«

Ich musterte ihn aus zusammengekniffenen Augen, konnte aber nicht feststellen, ob er es ernst meinte oder nicht. »Du hast jetzt aber kein Arbeitszimmer mehr.«

Er winkte ab. »Der Computer steht im Wohnzimmer auch ganz gut. Das Zimmer benutze ich sonst eh so gut wie nie.« Er zögerte einen Moment. »Ich freue mich wirklich, dass du hier bist.«

Ich schüttelte den Kopf. »Klar, deshalb hab ich vorher auch noch nie was von dir gehört.« Das hatte ich eigentlich gar nicht laut sagen wollen, aber es stimmte doch. Verarschen konnte ich mich selbst.

Immerhin schaute er ziemlich betroffen. Fast tat er mir ein bisschen leid. »So war das doch nicht. Es ist nur … Ich bin …«

Wenn er jetzt »für ein Familienleben nicht geeignet« sagte …

»… kein guter Vater«, fuhr er fort. Das war fast dasselbe, oder? Hatten meine Eltern sich abgesprochen? Hatten sie das ausdiskutiert, wie meine Mutter das so gerne tat, und dann beschlossen, dass sie sich trennen mussten, damit mein Vater mich nicht verderben konnte?

Ich schob den Teller mit der Pizza von mir und stand auf. Horsts Kopf rutschte von meinem Bein auf die Bank, und er blinzelte mich vorwurfsvoll an. »Ich glaube, ich geh schlafen.«

»Es gibt noch Eis!«, rief mein Vater mir auf dem Weg aus der Küche hinterher.

»Hab keinen Hunger mehr.« Ich versuchte die Tür meines großartigen neuen Zimmers hinter mir zuzuwerfen, aber die schien irgendwie verzogen zu sein und sprang wieder aus dem Schloss. Ich seufzte und versuchte es noch einmal vorsichtiger, aber ohne Erfolg. Kopfschüttelnd lehnte ich sie an, dann warf ich mich auf die Matratze und schrieb erst mal Jenny eine Nachricht über WhatsApp:

MEIN VATER IST SELTSAM!

Ich musste nicht lange auf eine Antwort warten:

GUT SELTSAM ODER SCHLECHT SELTSAM?

Ich setzte dazu an, etwas zu tippen, hielt dann aber inne. Für eine Weile starrte ich an die Zimmerdecke, an deren Übergang zur Wand ich einen Stuckrand entdeckte. Wahrscheinlich war die Wohnung uralt, deshalb schlossen die Türen alle nicht mehr richtig. Meine Wut verrauchte langsam.

Schließlich tippte ich:

BIN MIR NOCH NICHT SICHER. GIBT SICH AUF

JEDEN FALL MÜHE. GAB PIZZA UND EIS ZUM ABENDESSEN.

Es klopfte an meiner Tür. Durch den schmalen Spalt erkannte ich die Silhouette meines Vaters. »Gute Nacht!«

Ich brummte etwas, das halbwegs nach einer freundlichen Erwiderung klang.

Er blieb noch eine Weile vor der Tür stehen. Schließlich sagte er: »Ich fürchte, ich muss dich dann morgen um sechs wecken. Wegen der Schule. Gehörst du zu den Frühstückern oder zu den Leuten, die bis mittags nichts essen?«

Die Sache mit der neuen Schule hatte ich fast verdrängt. Nun war ich erst recht froh, kein Eis mehr gegessen zu haben, denn mir wurde ein bisschen übel. »Ein bisschen Frühstück ist okay.«

»Gut. Ähm … Gute Nacht …«

SCHLIMMER IST DIE SACHE MIT DER NEUEN SCHULE.

Als ich schon unter die Decke kroch, surrte mein Handy noch einmal mit einer Nachricht von Jenny.

SAG MIR BESCHEID, WENN DU'S WEISST. WENN ER SCHLECHT SELTSAM IST, KOMM ICH UND TRET IHM IN DEN ARSCH.

Ich musste lächeln.

UND WEGEN DER SACHE MIT DER NEUEN SCHULE. DA HAT DR. BB HEUTE WAS ZU GESCHRIEBEN. DAS PASST ECHT GUT AUF DICH.

Dr. BB war die Abkürzung für Dr. Brigitte Berg. Die Psychologin machte den Kummerkasten bei *Friends*, der Website, auf der sich im Moment jeder in der Schule herumtrieb. Meistens gab sie ziemlich gute Ratschläge, also welche, die man auch tatsächlich verwenden konnte. Nicht wie meine Mutter, die immer meinte, alle Probleme ließen sich lösen, indem man vernünftig darüber sprach.

Manchmal fragte ich mich, wie meine Mutter eigentlich ihre eigene Schulzeit überstanden hatte. Wenn ihr jemand auf dem Schulhof irgendwas Fieses hinterhergerufen hatte, hatte sie sich doch wohl kaum hingestellt und gesagt: »Du, also ich finde das nicht in Ordnung, was du da sagst.« (Kein Witz, genau das hatte sie mir mal vorgeschlagen.)

Und der andere hatte dann auch ganz sicher nicht geantwortet: »Ach, das war mir gar nicht klar. Tut mir schrecklich leid!«

Ich konnte mir nicht vorstellen, dass sich seit der Kindheit meiner Mutter so viel verändert hatte.

Natürlich gab niemand zu, bei *Friends* wegen der Kummerkastenseite vorbeizuschauen. Wer wollte schon von sich behaupten, dass er auf die Ratschläge von jemandem hörte, der sich »Dr. Brigitte Berg« nannte? Aber Jenny und ich klickten immer als Erstes dorthin, bevor wir uns die Berichte über unsere Lieblingsbands und die Schminktipps vornahmen.

Aber jetzt war ich sogar zu müde für gute Ratschläge. Ich legte mein Handy beiseite und starrte wieder an die Decke. Das ungewohnte Zimmer kam mir einsam und leer vor.

Meine Mutter mochte total blödsinnige Ratschläge geben, aber im Moment hätte ich alles dafür gegeben, mit ihr zu telefonieren. Ihr zu sagen, dass ich gut angekommen war, von ihr zu hören, dass alles gut werden würde. Mit ihr über meinen Vater zu sprechen. Natürlich könnte ich sie anrufen. Aber sie würde kaum verstehen, was ich ihr erzählte, und was sie sagte, würde für mich nur wenig Sinn ergeben. Es würde einfach nur wehtun, weil es uns beide daran erinnerte, wie sehr unser Leben auf den Kopf gestellt worden war. Mit den vielen Gedanken in meinem Kopf schlief ich erschöpft ein.

Als es an der Tür scharrte, wachte ich noch einmal kurz auf. Ein roter Kopf mit zerfledderten Ohren schob sich durch den Türspalt, dann folgte der Rest von Horst. Ich beobachtete ihn aus halb geschlossenen Augen. Vor der Matratze blieb er einen Augenblick sitzen, genau in dem Lichtfleck, den eine Straßenlaterne durch das Fenster auf den Zimmerboden warf. Dann setzte er eine Vorderpfote auf meine Decke, als müsste er testen, ob der Untergrund sicher war. Offensichtlich bestand mein Bett den Test. Kurz darauf lag ein schnurrendes warmes Bündel neben mir.

»Wenn du schnarchst, werf ich dich raus.«

Horst schnurrte einfach lauter.

Kapitel 2

Am nächsten Morgen wachte ich davon auf, dass ein pelziges Wesen versuchte, mein Kopfkissen mit den Vorderpfoten in eine für es angenehme Form zu kneten.

Ich blinzelte und brauchte einen Moment, um mich daran zu erinnern, dass ich in Hamburg war. Und das pelzige Wesen auf meinem Kopfkissen war Horst.

Ich schob ihn weg, aber er kroch sofort zurück, kaum dass ich die Augen wieder schloss. Direkt vor meinem Gesicht trampelte er auf dem Kopfkissen herum. Seine Krallen blieben immer wieder im Stoff hängen und lösten sich mit einem leisen reißenden Geräusch daraus. Meine Mutter hätte die Krise gekriegt.

Aber ich würde nicht kurz nach dem Aufwachen für die Unversehrtheit irgendeines Kopfkissenbezugs kämpfen. Ich drehte mich um. Draußen war es noch nicht mal richtig hell. Murrend zog ich mir die Decke über den Kopf.

Hinter mir hatte Horst das Kopfkissen anscheinend endlich in die gewünschte Form gebracht. Er rollte sich in meinem Nacken zu einer schnurrenden Kugel zusammen.

»Okay, gut«, murmelte ich. »Das ist …«

Mir fiel kein Wort ein, immerhin schlief der größere Teil meines Hirns noch tief und fest. Aber wenn schon niemand da war, mit dem ich reden konnte, tat immerhin die Gesellschaft gut.

Gerade als mir die Augen wieder zufielen, klingelte mein Handywecker. Ich schwöre, Wecker haben ein Gespür für so was.

Ächzend drehte ich mich wieder um, was mir einen vorwurfsvollen Blick von Horst einbrachte, und schaltete den Wecker aus. Eine Weile starrte ich einfach an die Decke. Horst schnurrte jetzt an meinem Ohr. Das war irgendwie beruhigend, aber half nicht unbedingt dabei, wieder einzuschlafen, wie ich es am liebsten getan hätte.

Was hatte ich mir da nur eingebrockt? Jetzt saß ich in einer fremden Stadt bei einem mir fremden Mann fest, und nachher musste ich auf eine fremde Schule voller fremder Leute. Vielleicht wäre die Jugend-WG doch nicht so schlimm gewesen. Konnte ich mir das eigentlich noch mal anders überlegen? Wahrscheinlich nicht, ohne zuzugeben, dass ich gelogen hatte, wenn es darum ging, wie gut ich meinen Vater kannte. Das klang nicht nach einer guten Idee.

Ich zuckte zusammen, als im Zimmer nebenan ein schrilles Piepsen ertönte. Klang nach einem sehr altmodischen Wecker. Durch die Wand hörte ich meinen Vater fluchen. Dann knallte es so laut, dass ich schon fürchtete, er könnte den Wecker zertrümmert haben. Im nächsten Moment kehrte wieder Ruhe ein.

Er war wohl genauso wenig ein Morgenmensch wie ich.

Für eine Weile schnurrte nur Horst neben meinem Kopf. Ich drückte die Wange gegen sein weiches Rückenfell. Meine Mutter hatte mir nie Haustiere erlaubt, weil die ja nur »haarten und Dreck machten«. Horst war nicht das niedliche Kätzchen, das ich mir immer gewünscht hatte, aber immerhin ein kleiner Lichtblick in einer echt vermurksten Situation.

Langsam fielen mir die Augen wieder zu.

Als es im Nebenzimmer polterte, schreckte ich hoch. Was zur Hölle? War mein Vater gerade aus dem Bett gefallen?

Ein wenig später erklangen schlurfende Schritte im Flur, und jemand klopfte an meiner Tür. »Schule …«, hörte ich meinen Vater murmeln. »Ich mach uns Kaffee, okay?«

Ich probierte den ersten Kaffee meines Lebens mit einem großen Schluck Milch darin. Trotzdem zog sich mir vor lauter Bitterkeit der Mund zusammen. Eilig kippte ich noch mehr Milch hinein und schaufelte gleich ein paar Löffel Zucker hinterher. Mein Vater sah mir mit gerunzelter Stirn dabei zu. Unter seinen Augen hingen tiefe Ringe. »Wenn du heiße Milch mit Zucker gewollt hättest, hätte sich das einrichten lassen.« Dann riss er mit einem Mal die Augen auf. »Oh nein«, sagte er. »Ich bin so dumm. Du bist erst vierzehn. Hast du schon mal Kaffee getrunken?«

»Ich denke, es ist schon okay, wenn man mit vierzehn Kaffee trinkt«, wich ich aus. Wahrscheinlich musste man sich an den Geschmack erst gewöhnen, aber ein paar Leute aus meiner alten Klasse tranken das Zeug schon hin und wieder. Nur meine Mutter hatte mal wieder heiliger als der Papst sein müssen und es mir immer verboten. Irgendwas wegen der Hirnentwicklung, für die Koffein angeblich schädlich sein sollte.

Mein Vater wirkte zerknirscht. »Wie viel Ärger bekäme ich mit deiner Mutter, wenn sie das wüsste?«

Obwohl es noch viel zu früh am Tag war, musste ich lachen. »Du hättest schon wegen der Pizza und dem Eis Ärger bekommen. Der Kaffee macht da auch keinen Unterschied mehr.«

Er ließ den Kopf in die Hände sinken. Dann seufzte er. »Na gut. Dann schauen wir mal, dass wir dich zumindest rechtzeitig zur Schule bekommen.«

Mit der Tasse auf halbem Weg zum Mund hielt ich inne, als mir ein schrecklicher Verdacht kam. »Du hast nicht vor, mich hinzubringen, oder?«

Wie würde das denn aussehen, wenn ich an meinem ersten Tag mit meinem Vater in der Schule aufkreuzte? Nur Fünftklässler wurden von ihren Eltern zur Schule gebracht.

Er öffnete den Mund, dann hielt er inne und nickte. »Das wäre uncool, oder?«

Ich starrte ihn an. Er hatte tatsächlich verstanden, was ich meinte? Wow. Erst verspätet fiel mir ein, dass ich nicken musste. »Ziemlich«, sagte ich.

Nachdenklich kratzte er sich am Kinn. »Dummerweise

muss ich in der Schule noch ein paar Formulare für deine Anmeldung abgeben. Wie wäre es, wenn ich dir einfach den Weg zeige, und du kannst mich dann ja ignorieren, sobald wir angekommen sind, damit jedem klar wird, dass du mich nicht zum Händchenhalten brauchst.«

Noch mal wow. Das war deutlich besser als der Vortrag, den meine Mutter mir darüber gehalten hätte, dass ich gefälligst nichts darauf geben sollte, was andere Leute von mir dachten. So was sagte sich immer so einfach, wenn man nicht jeden Tag mit diesen anderen Leuten in einem Klassenzimmer sitzen musste.

»Okay«, sagte ich. »Das klingt nicht ganz schlecht.«

Mein Vater zeigte mir, welche U-Bahn ich zur Schule nehmen musste, und wir quetschten uns gemeinsam mit Schülern und Erwachsenen, die wahrscheinlich auf dem Weg zur Arbeit waren, hinein.

Da er ja gesagt hatte, ich könnte ihn einfach ignorieren, holte ich mein Handy hervor und öffnete die *Friends*-Seite. Und Jenny hatte recht. Im Kummerkasten war eine Nachricht von einem Jochen (15), in der er erzählte, dass er umgezogen war und jetzt an eine neue Schule musste. Er schrieb:

Auf meiner alten Schule habe ich die ganze Zeit mit Freunden rumgehangen. Jetzt habe ich total Angst, dass ich hier niemanden finde, der sich mit mir abgeben will. Die kennen sich doch alle schon ewig. Was können die schon mit mir wollen?

Das passte gut. Neugierig las ich mir Dr. BBs Antwort durch.

Lieber Jochen,

keine Sorge. Du bist nicht der Einzige, dessen Eltern auf die blöde Idee kommen, ihn in eine komplett andere Ecke Deutschlands zu verschleppen. Das passiert vielen Leuten in deinem Alter, du bist mit dem Problem also nicht allein. Sicher gab es an deiner alten Schule auch immer mal wieder neue Schüler, oder? Wie seid ihr denn mit denen umgegangen? Haben die für den Rest ihres Lebens allein in einer Ecke gesessen und keine Freunde gefunden? Das würde mich sehr wundern!

Du sagst ja außerdem selbst, dass du an deiner alten Schule viele Freunde hattest. Das heißt, du musst ein echt cooler Typ sein, mit dem andere Leute gerne abhängen. Deshalb würde ich dir Folgendes raten: Bleib locker, sei ganz du selbst, und lass die neue Erfahrung einfach auf dich zukommen. Neue Freunde ergeben sich dann mit ein bisschen Geduld praktisch von selbst.

Denn ich verrate dir jetzt noch ein Geheimnis: Viele Leute finden es sogar interessant, mal jemand Neues kennenzulernen. Wenn man seit dem Kindergarten immer mit denselben Leuten herumhängt, werden die auch irgendwann langweilig. ;-)

Deine Brigitte Berg

Die Sache mit Brigitte Berg war, selbst wenn ihre Ratschläge einen mal nicht sonderlich weiterbrachten, konnte sie einem trotzdem das Gefühl vermitteln, dass alles schon irgendwie gut werden würde. Ich hoffte sehr, dass sie recht behalten würde.

Als ich mein Handy wegsteckte, schaute mein Vater mich von dem Sitz mir gegenüber neugierig an. »Was Gutes gelesen?«, fragte er.

Ich nickte.

Ich versuchte an Brigitte Bergs Ratschlag zu denken, während ich mit meinem Vater das Sekretariat der Schule betrat. Locker bleiben, alles andere würde sich schon ergeben. Ich bekam einen Stundenplan ausgehändigt und einen Raumplan, dann wurde ich mit ein paar barschen Worten der Sekretärin und einem aufmunternden Lächeln meines Vaters wieder auf den Gang hinausgeschickt, um selbst zuzusehen, wie ich zu meiner ersten Stunde kam. Na, gut. Ich hatte ja auch niemanden gewollt, der mir die Hand hielt.

Ein Blick auf den Stundenplan verriet mir, dass ich in der ersten Stunde Mathe hatte. Großartig. Wer wollte nicht montagmorgens als Allererstes Mathe haben? Wer auch immer diesen Stundenplan erstellt hatte, war ganz eindeutig ein Sadist.

Ich trottete an Jugendlichen vorbei, die sich angeregt unterhielten, während sie ins Schulgebäude und die Treppen zu den Klassenzimmern hinaufströmten. Niemand beachtete mich. Brigitte Bergs Ratschlag erschien mir plötzlich ziemlich nutzlos, und ich vermisste meine alte Schule schrecklich. Vor allem Jenny.

Kurz blieb ich auf der Treppe stehen und schickte ihr eine Nachricht:

MEIN VATER HAT MIR HEUTE MORGEN KAFFEE GEKOCHT.

Keine weltbewegende Neuigkeit, aber genau das, was ich Jenny auch erzählt hätte, wenn wir noch auf dieselbe Schule gegangen wären. Sie schickte einen Smiley mit weit aufgerissenen Augen zurück und gab mir so das Gefühl, immerhin nicht ganz allein zu sein.

Ich wollte gerade das Handy wieder einstecken, als es noch mal summte. Jenny hatte eine ganze Reihe weiterer Glupschaugen-Smileys geschickt und dahinter: WEISS DEIN VATER SCHON, DASS DEINE MUTTER IHN WEGEN DER SACHE MIT DEM KAFFEE UMBRINGEN WIRD?

Ich musste grinsen – und lief im nächsten Moment voll in jemanden rein.

Eilig packte ich das Treppengeländer, um nicht den Halt zu verlieren. Mit der anderen Hand versuchte ich noch das Handy aufzufangen, das mir zwischen den Fingern durchrutschte. Aber ich sorgte damit nur dafür, dass es noch weiter wegflog und mit einem unschönen Knirschen auf einer Treppenstufe landete. Verdammter Mist!

Wen kümmerte es, mit wem ich zusammengestoßen war? Ich murmelte eine schnelle Entschuldigung, dann hechtete ich meinem Handy hinterher. Meine letzte Verbindung zu meinem alten Zuhause.

Der Typ, in den ich reingelaufen war, war schneller. Eine große Hand hob mein Handy auf. Ich folgte dem zugehörigen Arm mit den Augen bis zu einer Schulter, über die sich ein dunkelblaues T-Shirt spannte. Darüber kam ein Lächeln, das dafür sorgte, dass mein Herz einen Satz machte. Und im nächsten Moment blickte ich in die strahlendsten grünen Augen, die ich je gesehen hatte.

Der Junge war ungefähr in meinem Alter, vielleicht auch schon fünfzehn, und ein Teil von mir fand es sehr unfair, dass er so gut aussah. Wenn er nicht so umwerfend gelächelt hätte, wäre es sicher deutlich einfacher gewesen, mich nach dem Schreck mit dem Handy wieder zu sammeln.

So öffnete sich mein Mund ohne mein Zutun. »Ich … ähm …«

Ganz großartig. Sehr intelligent, Svenja.

Er lächelte immer noch und hielt mir das Handy hin.

»Es tut mir leid«, sprudelte ich hervor. »Ich wollte nicht … Ich habe nicht … Ich habe gerade eine Nachricht gelesen …«

Oh Mann. Ich war so peinlich.

»Echt?« In den grünen Augen blitzte es. »Wäre ich nie draufgekommen.«

Toll. Jetzt machte er sich über mich lustig. Eilig nahm ich das Handy und streifte dabei zu allem Überfluss auch noch seine Finger mit meinen. Seine Haut war warm, und mein

Herz machte schon wieder einen flatternden Satz. Wie in einem der kitschigen Filme, die Jenny so gerne schaute, nur dass ich mich gerade total lächerlich gemacht hatte und er mich nun wohl eher für leicht zurückgeblieben hielt, anstatt sich vom Fleck weg in mich zu verlieben.

»Ich würde das schnell verschwinden lassen.« Er deutete auf das Handy. »Herr Geier sammelt die manchmal einfach aus Prinzip ein.«

Mit diesen Worten war er weg.

Ich stand noch eine Weile auf der leerer werdenden Treppe und starrte ihm hinterher. Dabei wirkte ich wohl immerhin nicht noch dämlicher, als ich es in den letzten paar Minuten ohnehin schon gewesen war.

Schließlich riss ich mich zusammen. Ein schneller Blick auf mein Handy zeigte mir, dass das Display an einer Ecke einen kleinen Sprung hatte. Ganz großartig. Aber immerhin funktionierte es noch. Eilig packte ich es weg, die Warnung des Jungen noch in den Ohren.

Als ich mich wieder auf die Suche nach dem richtigen Klassenzimmer machte, klingelte es zur ersten Stunde. Ich würde an meinem ersten Schultag zu spät kommen. Schlimmer konnte es fast nicht mehr werden.

Ich sprintete die Gänge entlang und schielte dabei zu den Nummern neben den Klassenzimmern. Vor einigen der Räume standen noch Gruppen von Schülern herum und warteten auf ihren Lehrer. Vielleicht hatte ich Glück, und mein neuer Mathelehrer gehörte auch zur langsamen Sorte.

Doch als ich endlich den richtigen Raum entdeckte, sah ich gerade noch den letzten Schüler darin verschwinden. Es war ein blondes Mädchen, das so aussah, als hätte es am Morgen mindestens eine Stunde vor dem Spiegel verbracht – und eine weitere halbe Stunde vor dem Kleiderschrank, um ein Outfit auszuwählen, das farblich zum Lipgloss passte. Während ich noch schneller rannte, warf sie mir einen abschätzigen Blick zu, rümpfte die perfekt gepuderte Nase und ließ die Tür einfach zufallen. Danke auch.

Eilig stieß ich die Tür wieder auf und schlüpfte hinein. Eigentlich hatte ich vorgehabt, mich möglichst unauffällig auf irgendeinen freien Platz ganz hinten zu verdrücken. Aber der letzte freie Platz wurde gerade von der blonden Miss Perfect eingenommen. Also stand ich ein bisschen doof in der Tür, versuchte nach dem Sprint wieder zu Atem zu kommen und wurde von allen angestarrt.

Und natürlich, weil ich so ein Glück hatte, war der umwerfend gut aussehende Junge von vorhin in meiner neuen Klasse. Er saß relativ weit vorn und lächelte wieder, als er mich sah. Wahrscheinlich freute er sich, dass er auch in Zukunft die Gelegenheit haben würde, sich über mich lustig zu machen.

Miss Perfect tuschelte und kicherte mit ihrer Nachbarin und spähte dabei immer wieder in meine Richtung. Auch die anderen Schüler steckten die Köpfe zusammen. Nur die

Lehrerin – eine kleine Frau in einem Rock, der große Ähnlichkeit mit einem Lampenschirm hatte – wühlte in ihrer Tasche und hatte mich noch nicht bemerkt.

Eine Jugend-WG zu Hause hätte nie im Leben schlimmer sein können. Warum war ich nur auf die blöde Idee gekommen, zu meinem Vater zu wollen?

Endlich sah die Lehrerin – Frau Eckert, wenn ich den Namen auf dem Stundenplan richtig im Kopf hatte – von ihrer Tasche auf. Sie blinzelte mich durch eine dicke Brille an. »Was stehst du denn da? Setz dich!«

»Ähm …«, sagte ich und führte damit meine vorhin begründete Tradition fort, großartige erste Eindrücke zu hinterlassen. Irgendjemand im Klassenzimmer kicherte. Ich versuchte gar nicht erst herauszufinden, wer.

Frau Eckert blinzelte noch einmal, dann schien ihr endlich ein Licht aufzugehen. »Ach, du bist die neue Schülerin, nicht wahr?«

Ich nickte erleichtert.

»Oh … ähm …« Sie blickte sich etwas ratlos im Klassenzimmer um. »Es hat wohl niemand daran gedacht, noch einen Tisch aufzustellen. Vielleicht …« Sie strahlte. »Vielleicht setzt du dich einfach erst mal an mein Pult. Ich sage dann später dem Hausmeister Bescheid.«

Das musste der schlimmste erste Schultag aller Zeiten sein. Ich fragte mich, was Dr. BB dazu wohl gesagt hätte. »Locker bleiben« reichte da bei Weitem nicht.

Ich versuchte niemanden anzusehen, während ich zum

Pult trottete und meine Schultasche daneben stellte. Doch von dem Tisch aus, der direkt vor dem Pult stand, zwinkerte mir ein Junge mit dunklem Haar und braunen Augen zu. Er wirkte ein bisschen älter als die meisten hier. Vielleicht war er mal sitzen geblieben? Er grinste auf jeden Fall auf eine Art, die nicht zu jemandem passte, der sich freiwillig direkt vor den Lehrer setzte. Eher zu jemandem, der dorthin gesetzt worden war, damit man ihn im Auge behalten konnte.

»Ich bin David«, flüsterte er mir zu, während ich Platz nahm. Er klang tatsächlich freundlich.

»Svenja«, flüsterte ich zurück.

»Vielleicht möchtest du dich der ganzen Klasse vorstellen.« Frau Eckert stand neben mir und blätterte im Klassenbuch. »Und nicht nur David.«

Alle lachten, und meine Wangen wurden heiß. Ich hatte Mathe ja noch nicht genug gehasst …

Ich stammelte eine kurze Vorstellung und war richtig erleichtert, als endlich der Unterricht losging. Es kamen ein paar Sachen dran, bei denen ich in meiner alten Schule schon versagt hatte, Frau Eckert verlor mehrmals die Kreide und stieß beim Aufheben gegen meinen Stuhl, und schließlich setzte sie sich auf die Kante meines Tisches, fast auf mein Matheheft. Immerhin konnte ich mich so halb hinter ihr verstecken. Ich tat so, als würde ich aufmerksam zuhören, und wartete auf das Ende der Stunde.

Beim nächsten Klingeln packte ich möglichst schnell zusammen. Ich war noch nie so froh darüber gewesen, in der nächsten Stunde Bio zu haben. Bio bedeutete einen neuen Raum, bedeutete vielleicht einen richtigen Platz für mich. Irgendwo ganz weit hinten, wo ich nicht die ganze Zeit von der gesamten Klasse angestarrt wurde.

Mit gesenktem Kopf trottete ich nach draußen.

»Hey!«, rief jemand hinter mir.

Für einen Moment dachte ich darüber nach, ob ich gemeint sein könnte, dann verwarf ich den Gedanken.

Beim zweiten »Hey« holte David mich ein. Er passte seine Geschwindigkeit meiner an. »Sorry wegen vorhin. Ich hab nicht gedacht, dass die Eckert so einen blöden Spruch bringt.«

Ich winkte ab. »Blöde Sprüche stehen doch bei Lehrern in der Jobbeschreibung.«

David lachte, und ich fühlte mich plötzlich nicht mehr ganz so schrecklich.

»Ich zeig dir den Weg zum Bioraum, okay?« Ohne meine Antwort abzuwarten, überholte er mich, um die Tür zu einem Seitengang zu öffnen. Mit einer theatralischen Verbeugung winkte er mich hindurch. »Hier entlang, die Dame.«

Jetzt musste ich lachen. Der Knoten, der den ganzen Morgen in meinem Magen gesessen hatte, war mit einem Mal ein bisschen kleiner.

Wir gingen eine Treppe nach unten und traten in einen weiteren Gang, der schräg vom Treppenhaus abging und genauso aussah wie der, den wir gerade erst verlassen hatten. Ich hatte den schleichenden Verdacht, dass der Architekt dieser Schule eigentlich lieber ein Labyrinth entworfen hätte.

»Da ist es.« David deutete auf einen Raum, vor dem sich die anderen bereits in kleinen Grüppchen versammelt hatten. Ein dunkelhaariges Mädchen entdeckte David und löste sich von ihrer Clique, um ihm entgegenzugehen. Dabei warf sie mir einen verdammt düsteren Blick zu. Was hatte ich nun schon wieder falsch gemacht?

Als sie ihn demonstrativ in die Arme nahm, dämmerte es mir langsam.

David lächelte. »Hey, Larissa.«

Zeit, ein bisschen auf Abstand zu gehen, so wie Larissa mich schon wieder über Davids Schulter hinweg anschaute.

»Ich finde den Rest des Wegs dann allein.« Wenn man bedachte, dass der Rest des Wegs noch um die zehn Meter betrug, war das eine ziemlich blöde Aussage. Aber Larissa zog David eh bereits von mir weg, und er winkte mir nur noch kurz.

Damit stand ich wieder allein da. So viel zu der Idee, dass es total einfach war, neue Freundschaften zu schließen. Ich seufzte und ließ den Blick über meine neue Klasse schweifen. In einer Ecke hielt ein Pärchen Händchen, und ansonsten standen die Schüler in kleinen Grüppchen zusammen, lachten und unterhielten sich.

Ganz in meiner Nähe lehnte der gut aussehende Junge an der Wand, mit dem ich auf der Treppe zusammengestoßen war. Damit war ich immerhin nicht die Einzige, die allein herumstand. Er las in einem Buch, den Rücken so umgeknickt, dass ich den Titel nicht sehen konnte. Wer brachte denn in die Schule ein Buch mit? Also eines, aus dem man dann auch noch freiwillig las?

Na ja, ihm stand es auf jeden Fall. Ich betrachtete seine konzentrierte Miene. Der etwas ernstere Zug um seinen Mund ließ ihn irgendwie erwachsen aussehen. Als wäre er eigentlich ein Elftklässler, der sich nur aus Versehen hierher verirrt hatte. Was auch immer er las, er schien komplett darin versunken zu sein und überhaupt nicht wahrzunehmen, was um ihn herum geschah. Ich musste lächeln. Vielleicht sollte ich das auch mal ausprobieren. Dann sähe es zumindest so aus, als wäre es gewollt, dass ich mich mit niemandem unterhielt.

Ein Schatten fiel auf mich, und ich schreckte zusammen. Die blonde Miss Perfect baute sich vor mir auf, im Schlepptau zwei Freundinnen. Ich hatte gar nicht gemerkt, wie sie näher gekommen waren.

»Svenja also, hm?« Das klang nicht gerade freundlich. Die Miene des blonden Mädchens war unbewegt.

Ich nickte. »Und ihr?«, fragte ich zurück. So einfach würde ich mich von unfreundlichen Mienen und barschen Fragen nicht einschüchtern lassen.

»Ich bin Ina.« Miss Perfect deutete auf sich. »Das ist Verena.« Sie deutete auf das Mädchen rechts von ihr, das sich sichtlich bemüht hatte, sich genauso perfekt zu stylen wie ihre Freundin. Ein langes Pferdegesicht sorgte aber dafür, dass das Ergebnis nicht ganz so beeindruckend aussah.

»Und das ist Janine.«

Janine war nicht so aufgedonnert wie ihre Freundinnen, hatte dafür aber dunkle Locken und eine Stupsnase, die sie auf eine andere Art gut aussehen ließen. Sie lächelte sogar ein wenig.

»Wo kommst du her?«, fragte Ina.

Was sollte das werden? So eine Art Verhör?

Trotzig schob ich das Kinn vor. »Heilbronn.« Ich hatte genug CSI gesehen, um zu wissen, wie man mit solchen Situationen umging. Möglichst wenig sagen und sich keine Blöße geben.

Verena lachte. »Klingt nach einem ziemlichen Kaff.«

Da konnte ich nicht mal so sehr widersprechen.

»Und warum bist du jetzt hier?«, schoss Ina die nächste Verhörfrage auf mich ab. Was hatte die eigentlich für ein Problem mit mir?

Die Antwort auf diese Frage war auf jeden Fall schon komplizierter. Vor allem, weil ich auf keinen Fall von meiner Mutter erzählen wollte. Ich entschied mich schließlich für: »Bin zu meinem Vater gezogen.« Dabei schob ich die Hände in die Taschen und hoffte, dass ich so wirkte, als wäre das keine große Sache gewesen.

»Was?«, fragte Ina gehässig. »Wollte deine Mutter dich nicht mehr?«

Ich erstarrte. Einen Moment lang war mein Gehirn wie

leergefegt, während sich mein Magen wieder zu einem festen Klumpen zusammenzog. Was sagte man denn auf so was? Sagte man auf so was überhaupt irgendetwas, oder war das der richtige Zeitpunkt, um Ina einfach eine runterzuhauen? Ich hatte mich noch nie geprügelt, aber für einen kurzen Moment kam mir die Aussicht sehr verlockend vor.

»Lass sie in Ruhe.«

Die Stimme holte mich aus meinem seltsamen Schockzustand. Der Junge von der Treppe hatte sein Buch gesenkt und stieß sich gerade von der Wand ab. Er kam ein paar Schritte in unsere Richtung, die Miene immer noch so ernst wie bei seiner Lektüre. »Was soll das, Ina?«

»Sieh an«, spottete sie. »Oliver kann was sagen.«

Er starrte sie einfach nur düster an.

Ina verschränkte die Arme vor der Brust. »Ich versuche nur unsere neue Mitschülerin kennenzulernen.«

Ich schnaubte. »Oh ja. Danke für das freundliche Gespräch.«

Ina hob die Schultern. »Na ja. Du entsprichst wohl eh nicht unserem Niveau. Kommt, Mädels.«

Mit diesen Worten machte sie kehrt und stiefelte mit ihren beiden Freundinnen davon. Verwirrt sah ich zwischen ihr und Oliver hin und her. Ich hatte das Gefühl, irgendwo etwas verpasst zu haben.

Oliver hob die Schultern. »Tut mir leid.«

Als könnte er irgendwas dafür.

Bevor ich noch mehr sagen konnte, kam ein dicklicher

Mann den Gang hinuntergeschnauft, der versuchte, eine Halbglatze zu verbergen, indem er die Reste seiner Haare darübergekämmt hatte. Er trug außerdem die säuerlichste Miene zur Schau, die ich je gesehen hatte.

Ein Blick auf meinen Stundenplan verriet mir, dass er der gefürchtete Herr Geier war, der angeblich so gerne Handys einsammelte. Ich tastete nach meinem, das sicher in meiner Hosentasche verstaut war. Hatte ich eigentlich dran gedacht, es stumm zu schalten?

Ich öffnete den Mund, um Oliver zu danken, aber der hatte sich schon abgewandt und verstaute das Buch in seiner Tasche. Gehörte wohl wirklich nicht zur gesprächigen Sorte.

Während Herr Geier aufschloss, schob sich David neben mich. »Neben mir ist noch ein Platz frei. Hinterste Reihe.«

Ich zog die Augenbrauen in die Höhe. »Was ist mit deiner Freundin?«

»Larissa?« David hob die Schultern und hatte zumindest den Anstand, ein bisschen zerknirscht auszusehen. »Die ist nicht meine Freundin. Also, na ja … Vielleicht hat sie sich ein bisschen zu viele Hoffnungen gemacht.«

Er hob noch mal die Schultern, dann lächelte er wieder das verschmitzte Lächeln, mit dem er mich vor Mathe begrüßt hatte. Schlecht sah er ja nicht aus, aber ich hatte langsam einen Verdacht, was für eine Art von Junge er war.

»Wie viele Mädchen hier werden sauer auf mich sein, wenn ich neben dir sitze?«

Er lachte. »Sitzt du lieber wieder am Lehrerpult?«

Das war natürlich ein guter Punkt. Ich seufzte.

David lehnte sich ein Stück in meine Richtung. »Übrigens, mach dir nichts aus Ina. Aber wenn du keinen Ärger mit ihr willst, halte dich von Oliver fern.«

Was auch immer das bedeuten sollte.

Als wir nach Bio wieder in unser Klassenzimmer zurückkehrten, stand endlich auch ein Tisch für mich da. Erleichtert ließ ich mich auf den zugehörigen Stuhl sinken. Am Tisch vor meinem drehte sich ein Mädchen zu mir um, über dessen Schultern rötlich schimmernde Locken fielen. Sie lächelte schüchtern und reichte mir die Hand. »Anna.«

Ich lächelte zurück. »Svenja.«

Anna lachte. »Ich weiß.«

Sofort kam ich mir ein bisschen blöd vor, aber sie lächelte einfach weiter. »Das war ziemlich cool, wie du dich von Ina nicht hast einschüchtern lassen. Da vor Bio.«

Okay. Offensichtlich hatte ich heute immerhin nicht alles falsch gemacht. »Danke«, sagte ich und meinte nicht nur das Kompliment.

Es folgten Englisch bei Herrn Löffhardt, eine dürre Bohnenstange von einem Mann, der sich die ganze Stunde hindurch weigerte, auch nur ein Wort Deutsch zu reden, selbst als er mich aufforderte, mich vorzustellen; Deutsch bei Frau Liebig, die sich als Kafka-Fangirl entpuppte und gar nicht zu merken schien, dass sie eine neue Schülerin hatte; Geschichte bei Herrn Hanser, der in vollkommen monotonem Tonfall einfach nonstop redete, bis mir fast die Augen zufielen; und zuletzt Musik bei Herrn Niemeier, der die ganze Klasse zwang, mir ein Willkommensständchen zu singen. Ein krönend peinlicher Abschluss für einen schrecklichen Tag.

Als ich nach der letzten Stunde aus der Klasse flüchtete, summte mein Handy. Ich erwartete halb eine neue Nachricht von Jenny, aber es war mein Vater:

SOLL ICH DICH ABHOLEN ODER WILLST DU DEN WEG ZURÜCK ALLEIN FINDEN?

Ich würde mich sicher nicht von meinem Vater vor der Schule aufsammeln lassen, während Ina an ihrer gepuderten Nase herab dabei zusehen konnte.

ICH SCHAFF'S ALLEIN ZURÜCK, schrieb ich deshalb, obwohl ich mich schon beim Gedanken an das verwirrende Hamburger U-Bahn-System ein bisschen verloren fühlte. Aber ich wusste noch, mit welcher Linie wir hergekommen waren und wie die Haltestelle hieß, an der ich aussteigen musste. Was konnte schon schiefgehen?

Während die U-Bahn den Tunnel verließ und Häuser und Grünzeug am Fenster vorbeizogen, schrieb ich Jenny eine Zusammenfassung des heutigen Tages.

DAVID KLINGT SÜSS, schrieb sie zurück. Dahinter ein rosa Herzchen.

Ich kaute auf meiner Unterlippe herum, bevor ich ihr antwortete.

ICH WEISS NICHT. DER FLIRTET WOHL MIT JEDER. ABER ABGESEHEN VON ANNA IST ER DER EINZIGE, DER NORMAL MIT MIR REDET.

Als ich aufschaute, fuhr die U-Bahn gerade in meine Station ein. Eilig sprang ich auf und drückte mich an ein paar Leuten im Gang vorbei. Die Tür schloss sich fast schon wieder, bevor ich sie erreichte. Ich quetschte mich durch den Spalt und stand schließlich schwer atmend am Bahnsteig. Mich irgendwo in Hamburg mit der U-Bahn zu verfahren, war wirklich das Letzte, was ich jetzt noch gebrauchen konnte.

Jenny hatte bereits geantwortet, als ich wieder auf mein Handy sah.

NA JA. ES WAR JETZT GERADE DER ERSTE TAG.

Sie wollte mich trösten. Aber wenn selbst ihr nichts Besseres einfiel als das, dann sah die Situation schon ziemlich deprimierend aus.

Ich steckte das Handy weg und entdeckte meinen Vater, der mir vom anderen Ende des Gleises aus zuwinkte. Okay, dann würde ich den Weg zurück doch nicht ganz allein finden müssen. Ich war mir ohnehin nicht sicher, ob ich noch gewusst hätte, in welchem der vielen gleich aussehenden Häuser er wohnte.

Wir wohnten. Wo hatte ich mich da nur hineinmanövriert?

Kapitel 3

»Musst du nicht arbeiten?«, fragte ich beim Mittagessen. Wir waren auf dem Heimweg durch den Drive-in eines Fast-Food-Restaurants gegangen – ernsthaft, wer ging zu Fuß durch einen Drive-in? Allerdings, der irritierte Blick von dem Typen hinter der Scheibe war es echt wert gewesen. Ich hatte mich bemüht, ein Lachen zu unterdrücken, und mein Vater hatte auf dieselbe spitzbübische Art gegrinst wie David am Morgen.

Jetzt saßen wir in der Küche, Horst, ein schnurrendes Fellbündel, neben mir, und ich fühlte mich tatsächlich ein bisschen besser als den Großteil des Vormittags über. Ich biss herzhaft in ein Chicken Nugget, während ich überlegte, ob mein Vater mich eigentlich bewusst mit Fast Food verwöhnte oder ob er einfach überhaupt nie selbst kochte.

Er lächelte über seinen Burger hinweg. »Ich habe ein paar Tage mehr oder weniger frei, damit ich dir alles zeigen kann.« Er nahm einen Bissen, dann schien ihm etwas einzufallen. »Und Möbel«, nuschelte er kauend. »Du brauchst ein richtiges Bett. Und einen Schreibtisch wahrscheinlich. Ich dachte, wir gehen nachher einkaufen, hm?«

Die Aussicht auf ein richtiges Bett klang sehr verlockend. Fast hätte ich darüber verpasst, dass er schon wieder der Frage nach seiner Arbeit ausgewichen war. Ich öffnete den Mund, um nachzuhaken, da schien ihm noch etwas einzufallen.

»Oh … und … es ist okay, wenn du erst danach Hausaufgaben machst, oder? Hast du Hausaufgaben aufbekommen?«

Meine Mutter wusste immer, wenn ich wegen so was log. Das war irgendeine Art von mütterlichem sechsten Sinn oder so. Ich war kurz versucht auszuprobieren, ob mein Vater denselben Sinn besaß, aber dann verwarf ich das wieder. Es war ja ohnehin nicht so, als hätte ich heute noch irgendwas vor. Außer mit Jenny ein paar Nachrichten zu wechseln und mehr oder weniger ziellos im Internet zu surfen.

»Nur ein bisschen Mathe und Englisch«, sagte ich deshalb.

»Na dann«, verkündete mein Vater. »So lange dauert das mit den Möbeln sicher nicht.«

Was nur bewies, dass er wahrscheinlich seit Jahren keine neuen Möbel mehr gekauft hatte.

Mein Vater hatte kein eigenes Auto. (Er hob die Schultern, als ich ihn deswegen komisch anschaute. »Wozu denn, wenn man mit der U-Bahn überall hinkommt?«) Also mieteten wir eines. Dann fuhren wir zum nächsten Ikea.

Wir fanden recht schnell ein Bett und einen Schreibtisch. Den Kleiderschrank, den ich aussuchte, beäugte mein Vater eine Weile skeptisch. »Denkst du, der passt in die Ecke zwischen die Bücherregale?«

Jetzt hob ich die Schultern. »Hast du nicht ausgemessen?«

Er kratzte sich am Kopf. »Hätte ich besser tun sollen.«

Ernsthaft, wie hatte er meine Mutter dazu bekommen, ihn zu heiraten? Oder auch nur auf ein zweites Date mit ihm zu gehen? Wenn sie eines hasste, dann schlechte Vorbereitung. Sie hatte für alles Listen. Beim letzten Umzug hatte sie sogar eine Liste geschrieben, welche Listen sie noch schreiben musste.

Mein Vater beäugte den Schrank noch ein bisschen länger, dann verkündete er, dass er schon passen würde. Meine Mutter hätte einen Schreikrampf bekommen.

Auf dem Weg nach draußen packte er noch eine große Stoffratte in den Wagen. Ich zog die Augenbrauen in die Höhe. »Für wen ist die?«

Er grinste. »Horst tötet gerne Kuscheltiere.«

Ich musste lachen. »Er tötet sie?«

Mein Vater nickte ernst. »Oh ja. Er packt sie, wirft sie durch die Gegend und tritt mit den Hinterpfoten so lange auf ihnen herum, bis sie kaputtgehen.«

So ganz konnte ich das Bild des Kuscheltiermörders nicht mit dem schnurrenden Fellknäuel vereinbaren, das am Morgen auf meinem Kissen geschlafen hatte.

»Horst doch nicht!«, rief ich.

»Oh, wenn er einen mag, zeigt er sich von der besten Seite. Aber die zerfledderten Ohren hat er bestimmt nicht daher, dass er sein Leben lang nett und freundlich war.«

Da war wohl was dran.

»Zahlt sich eh nicht aus«, fügte mein Vater plötzlich ernster hinzu.

»Was?«, fragte ich.

»Sein Leben lang nett und freundlich zu sein. Sei zu den Leuten nett, die nett zu dir sind, und lass dir vom Rest bloß nichts erzählen.«

Unheimlich. Man hätte fast meinen können, er hätte gemerkt, dass mein erster Schultag nicht gerade prickelnd gelaufen war. Oder er war einfach der Meinung, dass Väter hin und wieder weise klingende Sprüche von sich geben mussten.

Als wir mit einem voll beladenen Wagen wieder auf den Parkplatz traten, war tatsächlich gerade mal eine Stunde vergangen. Beeindruckend.

Um alles ins Auto zu bekommen, mussten wir die Hälfte der Rückbank und den Beifahrersitz umklappen. Schließlich saß ich halb eingequetscht zwischen Möbelkartons hinter dem Fahrersitz, während mein Vater uns vorsichtig heimwärts steuerte. Ich nutzte die Gelegenheit, um Jenny eine Nachricht zu schreiben.

ICH GLAUBE, ER IST GRÖSSTENTEILS GANZ OKAY.

Dieser Eindruck hielt so lange, bis wir vor dem roten

Backsteinhaus vorfuhren. Mein Vater gab mir seinen Schlüssel und bat mich, schon mal aufzuschließen. Wollte er das Zeug etwa allein hochtragen? Aber stattdessen ging er auf eine Gruppe Männer zu, die im Hauseingang nebenan standen und rauchten.

Sie sahen aus wie die Art von Kerlen, um die ich normalerweise einen Bogen gemacht hätte. Ein bisschen abgerissen und irgendwie grimmig. Allerdings begrüßten sie meinen Vater freudig in mehreren Sprachen. Er grüßte zurück, erst auf Deutsch, dann auf Russisch, wenn ich mich nicht irrte, und dann in einer Sprache, die irgendwie nach Arabisch klang. Was zur Hölle? Er hatte bisher nicht erwähnt, dass er ein Sprachgenie war. Na ja, genau genommen hatte er bisher noch ziemlich wenig über sich selbst erzählt.

Es folgte ein kurzer Wortwechsel, während ich mit dem Schlüssel in der Hand an der Eingangstür stand und mich nicht so ganz dazu durchringen konnte, irgendetwas anderes zu tun, als zu starren. Dann begannen die Männer damit, das Auto auszuladen.

Schnell schloss ich auf, stemmte die Tür so weit auf, bis sie nicht mehr von selbst zufiel, und rannte nach oben, um auch die Wohnungstür aufzumachen. Vorzugsweise bevor irgendjemand mit einem schweren Karton in der Hand hinter mir stand und ungeduldig wartete. Ich fing Horst ab, bevor er raushuschen konnte. Aber als er schwere Schritte im Treppenhaus hörte, tappte er freiwillig in die Küche und bezog Stellung auf der Sitzbank, die Ohrstummel aufmerksam aufgerichtet. Ich setzte mich neben ihn und starrte genau wie er in Richtung Flur.

Es dauerte keine zehn Minuten, dann war das ganze Zeug in meinem Zimmer. Als Nächstes machten sich die Männer ans Aufbauen. Mein Vater verteilte Bier, lachte und scherzte (dreisprachig!), packte hier und dort an und schlichtete eine Diskussion über die Interpretation der Bauanleitung (soweit ich es verstehen konnte). Ich wurde größtenteils ignoriert, nur wenn einer der Männer an der Küchentür vorbeilief, lächelte man mir zu oder nickte kurz freundlich. Das eine oder andere Lächeln enthüllte fehlende Zähne. Einer hatte klaffende Löcher in seinen Schuhen, der andere in seinem Mantel. Und hin und wieder wehte neben dem Geruch von kaltem Zigarettenrauch und Bier auch etwas Übleres herüber. Ich hätte drauf wetten können, dass nicht jeder dieser Typen regelmäßig ein Dach über dem Kopf hatte – oder die Gelegenheit, die Klamotten zu waschen und zu duschen.

Ich streichelte Horst, der immer noch wie ein Wachhund neben mir hockte und das Treiben aufmerksam beobachtete. »Ernsthaft, Horst, was geht hier ab?«

Als mein Vater eine weitere Ladung Bier aus dem Kühlschrank holte, hob ich eine Hand. »Äh …«

Er lächelte. »Dauert nicht mehr lange.«

»Was sind das für Leute?« Ich versuchte möglichst nicht so zu klingen, als würde ich über irgendwen urteilen. Meine Mutter machte das immer – hatte das gemacht. Als ich sechs gewesen war, hatte ich mal einem Obdachlosen ein bisschen Geld gegeben, und er hatte mir zum Dank die Hand geschüttelt. Meine Mutter hatte geschaut, als hätte sie ihm dafür am liebsten den Kopf abgerissen – auch wenn sie natürlich viel zu höflich war, um irgendetwas Negatives zu sagen –, und danach musste ich mir sehr gründlich die Hände waschen. Seitdem waren Obdachlose ein Beispiel dafür, was mit einem passierte, wenn man in der Schule nicht richtig aufpasste oder mit dem Gedanken spielte, vielleicht kein Abi zu machen. Aber diese Typen bauten gerade meine Möbel auf. Man konnte schlecht hochnäsig auf jemanden herabschauen, der dafür sorgte, dass man die nächste Nacht in einem ordentlichen Bett verbringen würde.

Mein Vater hob die Schultern. »Das sind Freunde. Ich helfe ihnen hin und wieder aus. Und sie mir.« Plötzlich wirkte er etwas verlegen. »Ich wusste nicht, ob sie dir vielleicht Angst machen. Ich … ähm … ich hab ihnen gesagt, sie sollen ein bisschen Abstand halten. Sie sind echt nett, aber …« Er verstummte und zuckte schließlich mit den Schultern.

Irgendwie wusste ich nicht, ob ich beleidigt oder dankbar sein sollte. Schließlich winkte ich ab. »Du sprichst Russisch und …?« Ich wollte mich nicht lächerlich machen, indem ich auf die falsche Sprache tippte, also ließ ich den Satz in der Luft hängen. Super, dann stammelten wir also beide halbe Sätze vor uns hin.

»Arabisch«, erklärte mein Vater netterweise. »Letzteres

besser als Ersteres. Ich war eine Weile im Ausland. Hat deine Mutter das nie erwähnt?«

Ich schüttelte den Kopf. »Sie hat praktisch nie irgendwas über dich erzählt.«

Sein Lächeln verblasste, und seine Schultern sackten ein wenig herab. Für einen Moment tat er mir leid. Dann erinnerte ich mich daran, dass er sich ja einfach selbst mal hätte melden können, wenn er gewollt hätte, dass seine Tochter irgendwas über ihn erfuhr.

Schließlich standen alle Möbel, und die Männer strömten einer nach dem anderen aus der Wohnung. Ich erwiderte ihr Nicken und Lächeln und sagte mehrmals Danke in der Hoffnung, dass sie mich verstanden. Schließlich stand nur noch mein Vater in der Tür.

»Ich muss noch das Auto zurückbringen«, sagte er. »Du kommst hier zurecht?«

»Klar.« Was erwartete er? Dass ich aus seinen Büchern einen Scheiterhaufen errichtete, wenn er mal eine Stunde weg war?

»Vergiss nicht, deine Hausaufgaben zu machen.« Damit klang er tatsächlich mal, wie man das von Eltern erwartete. Ich nickte automatisch. Dann war er weg.

Ich machte keine Hausaufgaben.

Stattdessen rief ich kurz im Krankenhaus an und fragte, wie es meiner Mutter ging. Eine Schwester erzählte mir, dass sie Fortschritte mache. Das war immerhin etwas Gutes. Und als sie meine Mutter ans Telefon holte, sagte diese erfreut: »Svenja!«

Sie hatte meinen Namen wieder gelernt. Bis dahin hatte ich nicht gewusst, dass man sich freuen konnte, während einem gleichzeitig zum Heulen zumute war. »Ja, genau!«, sagte ich, wie man ein kleines Kind dafür loben würde, dass es zum ersten Mal »Mama« sagte. Aber nach ein paar weiteren gestammelten Worten übergab meine Mutter das Telefon wieder an die Schwester. Ich konnte ihren Frust förmlich hören.

Nachdem ich aufgelegt hatte, schluckte ich aufsteigende Tränen hinunter und beschloss, etwas Sinnvolles zu tun. Ich würde meinen neuen Kleiderschrank einräumen.

Er hatte nicht in die Ecke zwischen den Bücherregalen gepasst. Eines davon hatte abgebaut werden müssen, um Platz zu schaffen. Die zugehörigen Bücher stapelten sich derzeit noch im Flur, und ich konnte fast die Stimme meiner Mutter hören, die sich über schlechte Planung und Unordnung beschwerte.

Es war so offensichtlich, warum die Ehe zwischen meinen Eltern nie hatte funktionieren können.

»Liebe muss echt blind machen«, erklärte ich Horst, der gerade damit beschäftigt war, es sich in der Sockenschublade gemütlich zu machen. »Ansonsten gäb's mich gar nicht.«

Horst wackelte mit den zerfledderten Ohren und schubste ein weiteres Paar Socken aus der Schublade, das ich gerade erst hineingelegt hatte. Ich seufzte. »Okay. Meinetwegen.

Das ist deine Schublade. Ich lege dir nachher eine Decke rein oder so was. Meine Socken packe ich in die andere.«

Horst schnurrte zufrieden.

Später schrieb ich Jenny eine Zusammenfassung des Nachmittags.

WAS DENKST DU, WAS DEIN VATER IM AUSLAND GEMACHT HAT?, schrieb sie zurück.

KEINE AHNUNG, antwortete ich. NACH ALLEM, WAS ICH WEISS, KÖNNTE ER AUCH AUFTRAGSKILLER GEWESEN SEIN.

GEHEIMAGENT?, schlug Jenny vor.

Ich lachte. Genau das, was ich mir als kleines Mädchen immer ausgemalt hatte. Allerdings glaubte ich nicht, dass Geheimagenten in einer heruntergekommenen Dreizimmerwohnung lebten und Katzen namens Horst hatten.

Andererseits, vielleicht machte er ja irgendwas Illegales und kannte deshalb so viele abgerissene Typen, die tagsüber nichts Besseres zu tun hatten, als in Hauseingängen herumzuhängen und zu rauchen. Und meine Möbel aufzubauen.

Ich schüttelte den Kopf. Leute, die Möbel für die Töchter irgendwelcher Freunde aufbauten, gehörten höchstwahrscheinlich nicht zur Mafia.

Als mein Vater zurückkam, brachte er nicht nur gleich das Abendessen mit, sondern fragte auch nach meinen Hausaufgaben. Mist.

»Äh … die wollte ich gleich noch machen.« Keine gute Ausrede.

»Soll ich dir helfen?«, fragte er.

Ich zögerte, dann zuckte ich mit den Schultern. »Wenn du zufälligerweise supergut in Mathe oder Englisch bist.«

Englisch konnte er tatsächlich, wie sich herausstellte. Sprachgenie, ganz eindeutig. Mathe beschlossen wir am Ende gemeinsam, einfach nicht zu machen.

Am nächsten Morgen begrüßte David mich strahlend, als ich zu der Gruppe Schüler stieß, die vor dem noch verschlossenen Klassenzimmer wartete. »Svenja! Hatte schon gefürchtet, wir hätten dich gestern verschreckt.«

Ich musste lachen. »Also, freiwillig bin ich nicht schon wieder hier.«

Er griff sich theatralisch ans Herz. »Und ich dachte, du hast mich vielleicht vermisst.«

War das ein Flirtversuch? Ich war mir nicht sicher, was ich davon halten sollte. Zum Glück kam Anna zu meiner Rettung. Ihre roten Locken wippten, als sie sich neben mich schob. »Du redest so viel, David, man braucht den restlichen Tag, um sich davon wieder zu erholen. Keine Zeit, dich zu vermissen.«

»Ah. Aber nach dem Wochenende dann.« Er grinste.

Der Kerl war wirklich unglaublich.

»Hey, David!« Ein Junge, der mir von gestern vage bekannt vorkam, winkte ihm im Vorbeigehen zu. »Freitag wieder Party?«

»Klar«, antwortete David fröhlich. »Üblicher Ort. Muss

nur noch die Getränke organisieren.« Dann drehte er sich wieder zu mir um. »Du bist auch eingeladen.«

»Eine Party?«, fragte ich skeptisch. Ich sah mich schon allein zwischen lauter Leuten herumstehen, die ich nicht kannte. Klang nicht so richtig nach Spaß.

»Mehr so eine Art Zusammensitzen im Park«, erklärte David. »Ich stell dir ein paar Leute vor. Das wird sicher cool. Hm, was sagst du?«

Ich warf Anna einen Blick zu, die das Gesicht verzog. »Ich muss spätestens um neun zu Hause sein. Sorry.«

Gruselig. Selbst meine Mutter war in Sachen Ausgangszeiten inzwischen bei elf Uhr gewesen. Im Moment wünschte ich mir fast, sie könnte darüber meckern, wenn ich zu lange wegblieb. Das würde bedeuten, sie könnte wieder normal reden. Inzwischen gab es wirklich ein paar Fragen zu meinem Vater, die ich lieber ihr gestellt hätte als ihm. Wer wusste schon, wie er reagieren würde?

Eilig lenkte ich meine Gedanken in eine andere Richtung.

Wenn Anna nicht mitkam, bedeutete das, dass ich komplett allein auf dieser Party stehen würde. Unentschlossen wiegte ich den Kopf.

David senkte die Stimme. »Komm schon, die sind nicht alle wie Ina, ich schwör's.«

Na ja, es war nicht so, als hätte ich irgendetwas Besseres vor. Und mein Vater kam mir nicht wie jemand vor, der Einwände erheben würde. »Okay«, sagte ich. »Wo genau?«

Er lächelte. »Ich hol dich ab.«

Jetzt klang es fast nach einem Date.

In den nächsten Tagen hatten wir zweimal Nachmittagsunterricht, und ich hing in der Schule ziemlich viel mit Anna herum. Wenn sie nachmittags nicht noch Klavierunterricht, Reiten oder sonst irgendeines der zigtausend Dinge hatte, die ihre Eltern wohl für wichtig hielten, zeigte sie mir Hamburg.

Ina hatte recht gehabt. Im Vergleich zu Hamburg war Heilbronn ein einziges Kaff. Wir zogen durchs Wandsbek Quarree, das nicht nur eines von in meinen Augen unglaublich vielen Einkaufszentren in Hamburg war, sondern auch größer als das eine, das wir in Heilbronn hatten. Anna amüsierte sich köstlich, während ich Fotos von den verrücktesten Dingen machte, um sie Jenny zu zeigen. Zum Beispiel fanden wir in einem Buchladen das Schimpfwörterquartett. Auf der Packung war ein Typ abgebildet, der wie ein Nordseekapitän aussah, und in einer Sprechblase stand das Wort »Dösbaddel«.

DÖSBADDEL? DAS KLINGT WIE DIE HARMLOSESTE BELEIDIGUNG ALLER ZEITEN.

Ich zeigte Anna die WhatsApp-Nachricht von Jenny, und sie kicherte. »Dösbaddel ist ein super Schimpfwort«, widersprach sie. »Wie nennt man denn sonst jemanden, der sich total dumm anstellt?«

Ich hob die Schultern. »Na ja, Idiot zum Beispiel.«

Anna verzog das Gesicht und schüttelte den Kopf. »Ist nicht dasselbe. Dösbaddel ist so viel besser.«

Nun musste ich lachen. »Bestechendes Argument. Das gebe ich gleich an Jenny weiter.«

Mit einem Grinsen winkte Anna mich weiter. »Ich weiß noch was, das du ihr schicken kannst. Dahinten gibt es einen Laden mit echt krassem Zeug.«

Wie sich herausstellte, waren »echt krasses Zeug« seltsame Hüte, Sonnenbrillen und Schals. Wir probierten sie an und schickten die Fotos Jenny, was bald zu einem Wettbewerb ausartete, wer ihr die meisten Tränen lachenden Smileys entlocken konnte.

Als ich am Abend in die Wohnung meines Vaters zurückkehrte, war meine Laune gut genug, dass ich ein paar der Fotos sogar ihm zeigte. Über eines von mir mit einer riesigen pink getönten Sonnenbrille und einem Fez lachte er so sehr, dass er beinahe von seinem Stuhl fiel.

Das kam mir wie ein guter Zeitpunkt vor, um ein paar Fragen zu stellen. »Sag mal … woher kennst du eigentlich die ganzen Obdachlosen hier?«

Schlagartig wurde er ernst. »Von früher«, sagte er ausweichend.

»Früher?«, fragte ich.

Er nickte. »Erzähle ich dir ein andermal. Du hattest gerade einen guten Tag. Warum runden wir ihn nicht mit einem heißen Cookie ab?«

Heiße Cookies mit schmelzenden Schokostückchen darin

waren wirklich eines der besten Dinge in Hamburg. Man bekam sie in der Bäckerei um die Straßenecke. Trotzdem bohrte ich weiter. »Der Tag wäre sicher noch besser mit einer Antwort.«

Nun wurde die Miene meines Vaters ziemlich düster. »Glaub mir, wäre er nicht. Also, willst du einen Cookie?«

Ich seufzte. »Klar.«

DAS WAR EINDEUTIG EIN BESTECHUNGSVERSUCH, schrieb ich Jenny nach dem Essen. ER WILL NICHT, DASS ICH WEITER FRAGE.

Ihre Antwort kam sofort: VIELLEICHT REDET ER EINFACH ECHT NICHT GERN DRÜBER ODER SO?

Ich lag auf meinem Bett, Horst neben mir, und wiegte unschlüssig den Kopf. Was, wenn er nichts sagen durfte?

VIELLEICHT MACHT ER IRGENDWAS ILLEGALES.

Von Jenny kam ein nachdenklich guckender Smiley. WENN DA IRGENDWAS SELTSAMES LÄUFT, KOMMST DU WIEDER HER, OKAY?

VERSPROCHEN, schrieb ich zurück. Auch wenn mir mein Vater eigentlich echt nicht wie ein Verbrecher vorkam. Aber ich hatte auch nicht gedacht, dass er drei Fremdsprachen konnte und mit Obdachlosen befreundet war. Fest stand, dass ich in Zukunft wohl besser nur sehr vorsichtig Fragen stellte. Vielleicht würde er ja auch von sich aus mit mehr Informationen herausrücken, sobald wir uns ein bisschen besser kannten.

Am Freitagabend war ich noch damit beschäftigt, mich zu fragen, ob ich Turnschuhe unter dem einzigen halbwegs partymäßigen Kleid tragen konnte, das ich eingepackt hatte, als die uralte Klingel der uralten Wohnung meines Vaters schrillte.

»Ist das dein Date?«, rief er aus dem Wohnzimmer, wo er vor dem Fernseher saß.

»Das ist kein Date!«, verbesserte ich. »Er zeigt mir nur den Weg.« Ich eilte zur Tür, bevor mein Vater auf die Idee kommen konnte zu öffnen. »Ich komm gleich runter!«, rief ich durch die Gegensprechanlage.

Als ich mich wieder umdrehte, stand mein Vater im Flur. »Ruf mich an, wenn ich dich irgendwo abholen soll später.«

»Und wenn's wirklich ein ganzes Stück später ist?«

»Dann ruf mich erst recht an.« Er lächelte. »Viel Spaß. Wenn du unbedingt irgendwas trinken musst, bleib bei Bier, okay? Nimm keine Drogen. Geh nicht mit irgendwelchen Typen mit, die du kaum kennst.«

Genau genommen würde ich genau das gleich tun. Aber insgesamt war die Ansprache angenehm entspannt. Daran konnte ich mich echt gewöhnen. Ich nickte, winkte und eilte die Treppe nach unten. Vor dem Haus stand David neben einer Vespa, einen voll beladenen Rucksack zu seinen Füßen, und lächelte mir entgegen. Damit war bewiesen, dass er schon sechzehn sein musste und wahrscheinlich einmal sitzen geblieben war. Außer natürlich …

»Du darfst das Ding echt fahren, oder?«

Grinsend zog er seinen Geldbeutel aus der Hosentasche und präsentierte einen Führerschein. »Reicht das als Beweis?«

Ich erwiderte das Grinsen. »Na ja, lassen wir's mal durchgehen.«

»Bereit für den coolsten Abend deines Lebens?«, fragte er lachend.

Ich verdrehte die Augen.

»Okay«, räumte er ein. »Der zweitcoolste Abend deines Lebens. Weiß ja nicht, auf was für Partys du schon so warst.«

Der Hamburger Stadtpark war groß genug, um sich darin zu verlaufen. Nie im Leben hätte ich allein die Stelle gefunden, an der die Party heute Abend steigen sollte. Ganz in der Nähe eines Sees lungerten schon mehrere Leute auf Decken herum.

Ich klammerte mich an David fest, als er die Vespa auf die Wiese steuerte und wir ordentlich durchgeschüttelt wurden. Während die Maschine noch ausrollte, kamen uns schon zwei Jungs entgegen. Einen davon erkannte ich aus der Schule.

»Hast du deinem Bruder wieder die Maschine geklaut, David?«, rief er gut gelaunt.

Ich rutschte von meinem Sitz. »Das ist gar nicht deine?«

David zuckte mit den Schultern. »Hey, du hast vorhin nur gefragt, ob ich's fahren darf. Und Tom ist heute bei seiner Freundin. Merkt der eh nicht, dass das Teil nicht da ist.«

Er deutete auf den Jungen, der mir bekannt vorkam. »Das ist Johnny.«

Dann auf den, den ich nicht kannte. »Und Flo.« Dann auf mich. »Ich präsentiere die wunderschöne Svenja. Ich hab ihr versprochen, ihr Leute vorzustellen.«

Immerhin konnte man wohl nicht behaupten, dass er seine Versprechen nicht prompt hielt. Ich schenkte Johnny und Flo ein etwas schüchternes Lächeln. In der Zwischenzeit kamen aus der Richtung der Decken mehr Leute heran.

»Okay!«, rief David. »Bescherung!«

Alle jubelten, während er aus seinem Rucksack einige Flaschen Bier zog. Jemand verteilte Plastikbecher, ein anderer schloss Boxen an sein Handy an. Kurz darauf hallte Musik durch den dunkler werdenden Park, und ich hatte einen Plastikbecher mit dem ersten Bier meines Lebens in der Hand. Vorsichtig nippte ich daran. Es schmeckte größtenteils bitter. Warum tranken Erwachsene das Zeug eigentlich die ganze Zeit freiwillig? Na ja, genau genommen tat ich das auch gerade, und um ehrlich zu sein, kam ich mir dabei ziemlich cool vor.

Ich versuchte mich an David zu halten, aber er war ständig damit beschäftigt, neue Leute zu begrüßen. Eine Weile blieb ich bei einem Mädchen namens Carolin, das sich lang und breit über irgendeine Indie-Band ausließ, die ich nicht kannte. Doch schließlich entdeckte auch Carolin irgendwen, den sie kannte, und ich stand allein da. Wie befürchtet.

Ich seufzte.

»Hat dich jemand sitzen lassen?«

Ich zuckte zusammen, als die Stimme hinter mir erklang. Etwas zu schnell drehte ich mich um und verschüttete dabei fast mein Getränk. Im nächsten Moment blickte ich in strahlend grüne Augen.

»Oliver!«

Er lächelte, und ich brauchte einen Augenblick, um mich an seine Frage zu erinnern.

»Ich … äh … David hat mich eingeladen, aber der ist wohl ziemlich beschäftigt.« Wow, ein vollständiger Satz, und er klang sogar nicht lächerlich.

»Ah ja.« Oliver nickte. »Diese Partys sind sein Ding. Macht er seit einem Jahr oder so. Am Anfang hat er das Bier noch bei seinen älteren Geschwistern geklaut.«

»Klingt, als hätte er davon ein paar«, sagte ich, um etwas gesagt zu haben.

Oliver zuckte mit den Schultern. »Vier oder fünf oder so.«

Wow. Ich hatte immer Geschwister haben wollen, aber das wären selbst mir zu viele gewesen.

Für eine Weile schwiegen wir. Unsicher drehte ich meinen Becher in den Händen, während ich mir das Gehirn darüber zermarterte, was ich sagen konnte. Ich wollte nicht, dass Oliver wegging, um mit jemand anderem zu reden. Ich mochte die Art, wie er mich ansah. Fast so ernst und konzentriert wie das Buch, das er vor ein paar Tagen gelesen hatte.

Als könnte er den Rest der Welt ausblenden, um einem seine ganze Aufmerksamkeit zu schenken.

»Ähm …«, sagte ich schließlich und verfluchte mich im nächsten Moment dafür selbst. »Danke für die Hilfe letztens«, fügte ich deshalb schnell hinzu.

»Wegen Ina?«, fragte Oliver. »Das tut mir echt leid.«

Warum tat ihm das denn jetzt schon wieder leid? Er hatte mir geholfen und sie nicht aufgefordert, sich mies zu benehmen.

Bevor ich eine entsprechende Frage stellen konnte, blieb Olivers Blick plötzlich an etwas hinter mir hängen. Er hatte doch nicht auch jemanden entdeckt, den er kannte? Aber seine Miene verdüsterte sich. Als ich mich umdrehte, sah ich Ina, die in unsere Richtung steuerte.

»Wenn man vom Teufel spricht.«

Warme Finger schlossen sich um meine, und bevor ich mich von dem Kribbeln erholen konnte, das die Berührung meinen Arm hinaufschickte, zog Oliver mich schon von Ina fort.

»Komm mit«, sagte er. »Ich zeige dir was Netteres.«

Während er mich zum Seeufer führte, ließ er meine Hand wieder los, was ich eigentlich wirklich nicht so sehr hätte bedauern sollen. Die Geräusche der Party blieben hinter uns zurück. Ich merkte, wie mein Herz schneller schlug, während ich mir neben Oliver vorsichtig einen Weg durch die Dunkelheit suchte. Wenn ich Jenny davon erzählte, würde sie einen ganzen Satz rosa Herzchen als Antwort schicken.

Dicht am Wasser hielt er an. Es lag schwarz und ruhig da, und die Lichter der Stadt ringsum spiegelten sich darin.

Ich räusperte mich. »Was wolltest du mir zeigen?«

Oliver checkte auf seinem Handy die Uhrzeit. »Es müsste gleich anfangen.«

»Was?«, fragte ich.

Er lachte. »Wart's ab.«

Im nächsten Augenblick schoss am anderen Ende des Sees die erste Lichtfontäne in die Höhe.

Von: amazing-svenja@freemail.de
An: frag-dr-bb@friends.de
Betreff: Wie treffe ich eine Entscheidung?

Liebe Brigitte Berg,

es gibt momentan zwei Jungs in meinem Leben, D. und O., und ich bin wirklich verwirrt. Ich hoffe, du kannst mir helfen.

Es ist so: O. ist eher der ruhige Typ, er liest, und das sogar in der Pause. Kaum zu glauben, was? Auf einer Party am Wochenende hat er mich »entführt«, um mir ein Wasserlichtkonzert zu zeigen. Dabei wird ein Springbrunnen von unten von bunten Scheinwerfern angeleuchtet. Wir standen auf der falschen Seite des Sees und konnten es nicht wirklich gut sehen, aber es war trotzdem voll romantisch.

Nur dass er danach ziemlich schnell wieder abgezogen ist.

Keine Ahnung. Als würde er es auf einmal bereuen. Ich werde aus seinem Verhalten einfach nicht schlau.

Und dann ist da D. Der flirtet mit allem und jedem, glaube ich. Er hat mich auf der Party kaum beachtet. Aber als er gemerkt hat, dass ich irgendwie durch den Wind war (nachdem O. so plötzlich verschwunden ist), hat er sich echt Zeit für mich genommen. Er hat mir irgendwelche blödsinnigen Geschichten von seinen Geschwistern erzählt und mich damit wieder aufgemuntert. Und am Ende hat er mich sogar heimgebracht.

Jetzt weiß ich nicht, was ich tun soll. Sie sind ja beide irgendwie süß. Aber sie verhalten sich auch beide so, dass ich nicht so richtig weiß, was sie eigentlich von mir wollen und was sie jetzt ernst meinen und was nicht.

Sorry. Mein Gelaber eignet sich wahrscheinlich nicht mal, um es auf der Website zu veröffentlichen. Aber ich wüsste gern, wie du das siehst, BB. Du hast ja sonst immer so gute Tipps.

Grüße, S.

PS: Ernsthaft, wenn das hier nicht veröffentlicht werden würde, wäre das echt besser. Aber ich weiß nicht, mit wem ich sonst darüber reden soll.

Ich las mir die Mail auf meinem Handy noch mal durch. Sie klang schon ziemlich armselig, auch wenn sie den vergangenen Abend recht gut zusammenfasste. Ich hatte die Namen extra abgekürzt, nur für den Fall, dass irgendjemand außer Brigitte Berg sie zu lesen bekam. Irgendjemand aus meiner neuen Schule zum Beispiel.

Am liebsten hätte ich sie trotzdem nicht abgeschickt, aber Jenny schien das Problem nicht zu verstehen. Sie meinte, ich solle es genießen, Aufmerksamkeit von gleich zwei Jungs zu bekommen. Und meine Mutter hatte gerade erst das Wort »Bettdecke« neu gelernt, wie mir die Schwester am Telefon heute Morgen fröhlich erzählt hatte. Nicht dass meine Mutter bisher je etwas Sinnvolles zu Jungs-Dingen gesagt hätte, aber im Notfall hatte sie zumindest immer zugehört. Damit blieb nur noch mein Vater. Der hatte zwar gefragt, wie es gewesen war, und dabei sogar ehrlich interessiert gewirkt, aber ich kannte ihn kaum. Außerdem, man redete doch mit Vätern nicht über so was.

Ich hatte Horst die ganze Geschichte erzählt, nur um sie irgendwem erzählt zu haben. Er hatte sich währenddessen schnurrend auf meinem Schoß zusammengerollt. Das war nett, aber nicht ganz das Feedback, was ich im Moment brauchte. Deshalb die Mail an Brigitte Berg. Bevor ich es mir noch mal anders überlegen konnte, drückte ich auf »Senden«.

Dann stellte ich mich auf eine längere Wartezeit ein. Dr. BB war immerhin eine vielbeschäftigte Frau.

Jetzt blieb nur noch die Frage, wie ich eigentlich den Rest des Wochenendes überleben sollte. Allein bei dem Gedanken, zwei Tage lang in der uralten Wohnung meines Vaters festzusitzen, mit nichts weiter als Hausaufgaben zur Ablenkung, kam ich vorauseilenderweise vor Langeweile fast um.

Anna rettete mich:

MORGEN SOLL ECHT GUTES WETTER SEIN. LUST, SCHWIMMEN ZU GEHEN?

Ich tippte gerade: DU BIST MEINE HELDIN!, als mir einfiel, dass mein Badeanzug zu Hause in Heilbronn in meinem Schrank vergammelte. Warum zur Hölle hatte ich den nicht eingepackt? Gut, ein Badeanzug war jetzt nicht gerade das Erste, woran man dachte, wenn man auf unbestimmte Zeit in eine unsichere Zukunft ans andere Ende von Deutschland zog, aber es gab wirklich Momente, in denen ich meinem vergangenen Ich gerne für seine Blödheit in den Hintern treten würde.

»Scheiße!«, fluchte ich und erinnerte mich ein bisschen zu spät daran, dass sich die Tür meines Zimmers immer noch nicht ordentlich schließen ließ.

»Alles in Ordnung?«, rief mein Vater aus dem Wohnzimmer.

»Ja! Alles gut!«

Ich hörte ihn trotzdem tiefer in der Wohnung rumoren, dann näherten sich Schritte, und es klopfte an meine Tür. Er wartete einen Moment, bevor er sie aufschob.

»Ich glaube, ich bin verpflichtet, dich darauf hinzuweisen, dass man solche Worte nicht verwendet.«

Ich musste lachen. »Das kam jetzt nicht sonderlich überzeugend rüber.«

Mit einem verlegenen Grinsen rieb er sich den Nacken. »Das ist eine von diesen Regeln, deren Sinn ich selbst nie so ganz verstanden habe.«

»Na, in dem Fall werde ich mich ganz sicher dran halten.«

Nun lachte er. Es war ein freundlicher, warmer Laut, der dafür sorgte, dass ich mich mit der allgemeinen Situation ein wenig besser fühlte. So gesehen hätte ich es in Sachen Vater deutlich schlimmer treffen können.

»Gut, dass wir das geklärt haben.« In seinen Augen stand noch immer ein amüsiertes Funkeln. »Also, wirklich alles in Ordnung?«, fügte er schließlich hinzu.

Ich nickte. »Ich hab bloß meinen Badeanzug vergessen.«

Mein Vater zuckte mit den Schultern. »Die Läden haben noch auf.«

Gut, wenn man es so betrachtete, hatte ich damit nicht nur eine Beschäftigung für morgen, sondern auch für heute. Vielleicht war das gar nicht so schlecht.

Kapitel 4

Natürlich hatte Hamburg mehr als ein Freibad. Ich kam mir ein bisschen dumm vor, als Anna über meine Überraschung lachte. Noch deutlicher hätte ich wohl nicht beweisen können, dass ich eine so große Stadt nicht gewohnt war.

»Die meisten aus der Schule gehen aber in das Schwimmbad in Rahlstedt«, erklärte sie mir am Telefon. »Die haben da so was wie einen Strand, und man kann Beachvolleyball spielen, wenn man will.«

Als wir am Sonntagnachmittag dort ankamen, war das Schwimmbad brechend voll. Wir mussten ein ganzes Stück über die Wiese laufen, bevor wir einen Platz für unsere Handtücher fanden. Dabei entdeckte ich ein paar Leute, die mir aus der Schule vage bekannt vorkamen. Der eine oder andere winkte Anna zu, aber wenn sie mich neben Anna sahen, wurden ihre Mienen schnell verschlossen und sie wandten sich ab. Was war denn nun wieder nicht in Ordnung?

Ich warf Anna einen fragenden Blick zu, aber sie zuckte nur mit den Schultern. Sie breitete ihr Handtuch im Schatten eines Baums aus und ließ ihren Rucksack danebenfallen. »Komm, lass uns schauen, ob im Wasser noch Platz ist.«

Wie sich herausstellte, beinhaltete eine von Annas zahlreichen Nachmittagsaktivitäten auch Turmspringen. Sie zeigte mir, wie man einen Salto vom Dreimeterbrett machte und feuerte mich dann vom Beckenrand aus an, während ich noch überlegte, ob ich überhaupt springen sollte.

Ich machte den Fehler, nach unten zu sehen und trat eilig wieder einen Schritt vom Rand des Sprungturms zurück. Rein theoretisch wusste ich, dass der Fall immer tiefer aussah, als er tatsächlich war. Immerhin konnte man durch das klare Wasser bis auf den Boden des Beckens sehen, und der war noch mal ein ganzes Stück weiter entfernt als die Wasseroberfläche. Trotzdem hämmerte mein Herz ziemlich heftig, und meine Finger schlossen sich so fest um das Geländer, dass die Knöchel weiß hervortraten.

Ein verächtliches Schnauben hinter mir sorgte dafür, dass ich mich umdrehte. Wahrscheinlich war ich in letzter Zeit irgendeiner höheren Macht auf die Füße getreten, denn hinter mir stand Ina. Großartig.

»Na?«, sagte sie. »Schiss?«

Ich bemühte mich, meinen Griff um das Geländer ein wenig zu lockern. »Nee, die Aussicht ist einfach nett.« Natürlich war das keine sonderlich überzeugende Ausrede, aber ich hoffte, dass ich damit zumindest halbwegs cool wirkte.

Doch entweder hatte Ina keinen Humor, oder sie dachte, ich hielte sie für blöd genug, das wirklich zu glauben. Auf jeden Fall starrte sie mich düster an.

»Du bist echt armselig.«

Oh wow, ich hatte nicht gedacht, dass sie noch unfreundlicher werden konnte. Das musste ein neuer Tiefpunkt sein.

»Oliver gibt sich auch nur aus Mitleid mit dir ab«, fuhr sie fort.

Ernsthaft, was hatte sie für ein Problem? Mal ganz abgesehen davon, dass Oliver sich ja kaum *mit mir abgab*. Immerhin war er vorgestern Abend förmlich vor mir geflüchtet. Na ja, genau genommen hatte er behauptet, er dürfe nicht zu spät nach Hause kommen und müsse jetzt dringend gehen. Aber ich war mir nicht so sicher, ob ich das glauben konnte. Er war dabei meinem Blick ausgewichen und hatte irgendwie nervös gewirkt.

Allerdings machte das die Tatsache, dass Ina irgendeine Art von Problem hatte, nur umso offensichtlicher. Die Art, wie sie mich ansah, erinnerte mich ein wenig an Larissa, als die an meinem ersten Schultag demonstrativ mit David abgezogen war.

»Na«, sagte ich. »Dann musst du ja nicht eifersüchtig sein.«

Treffer. Versenkt. Inas Gesicht wurde hochrot vor Zorn. Ihre Fäuste öffneten und schlossen sich ein paarmal, dann lachte sie gekünstelt und warf ihr nasses Haar über die Schulter zurück. »Du hältst dich für deutlich wichtiger, als du bist.«

Mit diesen Worten wandte sie sich ab und vollführte einen perfekten Kopfsprung ins Wasser. Jede Wette, dass sie auch den Turmspringen-Kurs besuchte.

Eine Weile stand ich einfach da und starrte Ina hinterher. Sie schwamm an den Rand und kletterte aus dem Becken. Dort blieb sie stehen und starrte zu mir hoch. Mit so einem Publikum konnte ich unmöglich wieder die Leiter runterklettern. Also holte ich tief Luft, sah diesmal bewusst nicht nach unten und sprang, bevor ich länger darüber nachdenken konnte. Es sah ganz sicher deutlich weniger elegant aus als das, was Anna und Ina vollbracht hatten.

ALSO WILL SIE WAS VON OLIVER, fasste Jenny die Situation am Abend zusammen.

SIEHT GANZ SO AUS, schrieb ich zurück. ABER ER WOHL NICHT VON IHR. AUF JEDEN FALL SCHEINT ER NIE BESONDERS BEGEISTERT ZU SEIN, WENN ER SIE SIEHT.

Ich lag in meinem neuen Bett und surfte noch ein bisschen durchs Internet, bevor es Zeit wurde zu schlafen. Nebenher tauschte ich Nachrichten mit Jenny aus. Horst hatte sich in meinen Kniekehlen zusammengerollt. Von Dr. BB hatte ich immer noch keine Antwort. Na ja, wahrscheinlich hatte sie auch gerade Wochenende. Ich versuchte, nicht alle halbe Stunde meine Mails zu checken, aber das war nicht einfach.

WAS SIE NICHT DAVON ABHÄLT, SUPEREIFERSÜCHTIG ZU SEIN, stellte Jenny fest.

JA, stimmte ich zu. DAS IST EIN BISSCHEN CREEPY, WENN MAN'S SO BEDENKT. VIELLEICHT ENT-

SCHULDIGT ER SICH DESHALB STÄNDIG FÜR SIE. WEIL SIE SEINETWEGEN SO ABDREHT.

Ich starrte auf die Worte hinunter, die ich gerade getippt hatte. Das ergab irgendwie Sinn. Wenn Ina zu jedem Mädchen scheußlich war, das mit Oliver redete, dann musste ihm das ziemlich peinlich sein.

Während ich die Nachricht abschickte, kuschelte ich mich in mein Kissen. Horst nahm das zum Anlass, über meine Beine nach oben zu klettern und mit der Vorderpfote an der Bettdecke zu zuppeln. Inzwischen wusste ich, was er damit bezweckte. Ich hob die Decke an, er kroch darunter und rollte sich an meinem Bauch zusammen.

Ich hatte gerade den Wecker für morgen gestellt, als mir ein weiterer Gedanke kam: Wenn Ina etwas von Oliver wollte, er aber nicht von ihr, dann erklärte das auch, warum er ihr aus dem Weg ging. So wie auf der Party, als er sie gesehen und mit mir Richtung See verschwunden war.

Hatte er also gar nicht mit mir allein sein wollen? Hatte er nur eine Ausrede gesucht, um Ina aus dem Weg zu gehen? Bei meinem Glück war das ziemlich wahrscheinlich.

»Na großartig …« Unruhig veränderte ich meine Position, und Horst maunzte protestierend unter der Decke.

»Sorry, Horst«, sagte ich, nachdem er sich wieder in einer gemütlichen Position zusammengerollt hatte. »Aber warum müssen Jungs nur so kompliziert sein?«

Kapitel 5

Am Montagmorgen kam ich zu einem Entschluss: Ich würde Oliver einfach nicht weiter beachten. Wenn er sich einbildete, er könnte mich noch mal als Ausrede benutzen, um Ina aus dem Weg zu gehen, dann hatte er sich geschnitten. Ich konnte es wirklich nicht gebrauchen, für jemanden den Notnagel zu spielen.

Dieser Entschluss hielt ziemlich genau so lange, bis ich vor der ersten Stunde das Klassenzimmer erreichte. Oliver lehnte wie immer etwas abseits von den anderen an der Wand, die Nase in seinem Buch vergraben. Als ich näher kam, schaute er auf und winkte mir kurz zu. Das Lächeln, das er dabei aufsetzte, sorgte für ein angenehmes Kribbeln in der Magengegend. Verdammt! Bevor ich auch nur darüber nachdenken konnte, lächelte ich ebenfalls.

Im nächsten Moment legte sich ein Arm um meine Schultern. »Die wunderschöne Svenja!«

Ich drehte den Kopf und erhaschte einen Blick auf David, der mich kurz zu sich heranzog, drückte und dann dankenswerterweise wieder losließ, bevor es peinlich werden konnte. »Dein Anblick macht den Montag fast erträglich!«

»Schleimer«, murmelte ich.

Er grinste. »Wie hat dir die Party gefallen? War sie gut, oder war sie gut?«

Ich musste lachen. »Sie war nicht schlecht«, sagte ich. Das war nicht gelogen. Auch wenn es seltsam geendet hatte, war das Zusammentreffen mit Oliver schön gewesen, und Davids Geschichten danach hatten mich mehr als einmal zum Lachen gebracht.

David spielte trotzdem den zutiefst Betroffenen. »Nicht schlecht? Nicht schlecht? Das nächste Mal will ich mindestens ›großartig‹ hören!«

Nun grinste ich. »Dann gib dir das nächste Mal mehr Mühe.«

Es machte zugegebenermaßen Spaß, so mit ihm herumzualbern. Und wenn es in seinen Augen blitzte, so wie jetzt, dann sah er wirklich ziemlich gut aus. »Damit hast du gerade versprochen, auf jeden Fall zur nächsten Party zu kommen.«

Ach, verdammt. Ja, das hatte ich wohl. »Wir werden sehen«, sagte ich trotzdem.

»Ich verspreche, ich lass dich auch nicht wieder mit Carolin allein. Das war kein guter Move, geb ich zu. Die redet über nichts anderes als diese komische Band.«

Ich schnaubte. »Ist mir aufgefallen.«

»Also dann. Deal?«

Er gab echt nicht so schnell auf. »Okay, okay. Ich komme zur nächsten Party.«

Er legte einen kleinen Siegestanz hin.

»David!«, erklang Frau Eckerts strenge Stimme. »Keine Hampeleien auf dem Flur!«

Mit einem Grinsen schlurfte ich hinter den anderen in den Klassenraum. Wenn man bedachte, dass es Montagmorgen war und wir gleich Mathe hatten, war das fast schon ein kleines Wunder.

Ich war so sehr darauf konzentriert, Oliver doch noch zu ignorieren, dass ich erst nach einer Weile bemerkte, dass mich der Rest der Klasse irgendwie mehr schnitt als sonst. Aber nachdem mir einmal aufgefallen war, dass fast jeder meinen Blicken auswich, war es schwer, es nicht mehr wahrzunehmen. Ich fragte Anna danach, aber die zuckte wieder nur mit den Schultern. »Frag mich nicht, ich bin genauso im Außenseiterclub wie du. Vielleicht weiß David was.«

David danach zu fragen war schwerer. Anna und ich saßen mehr oder weniger im selben Boot, aber David war der beliebteste Junge in der Klasse. Ich kam mir irgendwie armselig vor, mit ihm darüber zu reden, dass niemand was mit mir zu tun haben wollte.

Als wir in Bio nebeneinandersaßen, hatte ich immer noch nicht den Mut dazu gefunden.

Herr Geier verteilte etwas, was wie staubige Dreckklumpen aussah. Die Dinger rochen ziemlich muffig. Ich starrte meinen skeptisch an, während David versuchte, seinen Klumpen dem Sitznachbarn auf seiner anderen Seite in den

Kragen zu stecken. Ich konnte mich wahrscheinlich glücklich schätzen, dass er mich mochte.

»David!«, ermahnte ihn Herr Geier, ohne richtig hinzusehen. Wenn in Davids ungefährer Richtung Unruhe entstand, gingen sie alle immer sofort davon aus, dass er es war.

Nachdem jeder einen der seltsamen Klumpen vor sich liegen hatte, kehrte Herr Geier mit der leeren Schachtel ans Pult zurück. »Das sind Eulengewölle«, erklärte er.

Ich runzelte die Stirn. David beugte sich zu mir rüber. »Behalte Ina und ihre Freundinnen im Auge. Das wird gleich lustig. Ich hatte das hier schon mal.«

Also war er wohl vor gar nicht allzu langer Zeit erst sitzen geblieben.

»Eulen können das Fell und die Knochen ihrer Beutetiere nicht verdauen«, fuhr Herr Geier fort. »Stattdessen sammelt sich beides in Form von Gewölle in ihrem Magen und wird schließlich wieder ausgestoßen.«

»Getrocknete Eulenkotze!«, rief David dazwischen.

Einige lachten. Eine der Freundinnen von Ina verzog das Gesicht und rückte mit dem Stuhl ein bisschen nach hinten, um mehr Abstand von dem grauen Ball zu gewinnen. Mit lustig hatte David etwas übertrieben, aber ich musste zugeben, dass meine Mundwinkel leicht zuckten.

»Danke für diese erhellende Ergänzung, David«, sagte Herr Geier trocken. »Möchtest du vielleicht einfach weitermachen? Warum habe ich euch die Gewölle mitgebracht?«

David zuckte mit den Schultern. »Da sind Mäuseknochen drin.«

Jetzt verzog auch Ina das Gesicht. Allerdings nahm ich das nur noch am Rande war, denn ich war genauso damit beschäftigt, den grauen Ball vor mir leicht angeekelt anzustarren. Nicht auszudenken, dass David damit herumgespielt hatte.

»Genau«, bestätigte Herr Geier. »Ich teile jetzt gleich ein Arbeitsblatt aus, auf dem alle Teile eines Mäuseskeletts aufgezeichnet sind. Eure Aufgabe ist es, möglichst viele davon zu finden.«

Oh super …

Jeder von uns bekam eine Pinzette, und dann ging es daran, die kleinen Kugeln aus Haaren auseinanderzurupfen und nach Knochen zu suchen.

Es war nicht direkt eklig. Es stank nicht, und alles war vollkommen trocken. Und die Knochen, die wir fanden, waren so winzig, dass man sich schon sehr anstrengen musste, um sich davor zu gruseln. Ein ganzes Skelett zu finden war aber nicht so einfach. Ich fand viele Knochen doppelt, die eigentlich nicht doppelt vorhanden sein sollten, dafür fand ich andere gar nicht. Nach einer Weile fing ich an, mit David zu tauschen.

Gleichzeitig beobachtete ich aus dem Augenwinkel, wie Ina versuchte, Oliver dazu zu bringen, die Arbeit für sie zu machen. Sie lehnte sich gegen ihn und klimperte mit den Wimpern. Er starrte sie düster an und sagte etwas, was ich nicht verstand. Es sorgte nur dafür, dass Ina umso koketter lächelte. Die verstand eine Zurückweisung wohl echt nicht mal dann, wenn man sie ihr buchstabierte.

Als Ina eine Hand auf seine Schulter legte, hatte ich genug. Ich war nicht eifersüchtig, ganz sicher nicht. Oliver tat mir nur irgendwie leid. Das zumindest versuchte ich mir einzureden, als ich mir einen Knochen schnappte, der wohl zum Vorderbein einer Maus gehört hatte, und aufstand.

»Svenja?«, fragte David hinter mir.

»Bin gleich wieder da.«

Auch ein paar der anderen Schüler waren inzwischen im Raum unterwegs, um zu sehen, ob jemand ausgerechnet die Knochen doppelt hatte, die sie noch brauchten. Da Herr Geier nichts dagegen sagte, ging ich davon aus, dass das erlaubt war.

Ich kam an Anna vorbei, die mit großer Konzentration Pfotenknöchelchen sortierte, und stand schließlich an Olivers Tisch. Der Todesblick, mit dem Ina mich bedachte, sorgte dafür, dass ich meinen Entschluss schon fast wieder bereute, aber nun war es zu spät.

Ich räusperte mich. »Hey, Oliver.«

Er sah auf, und es war wirklich unfair, wie grün seine Augen leuchteten.

»Ich …« Jetzt nur keinen Anfall von Stotteritis bekommen. Nicht wenn Ina direkt danebensaß. »Ich … ähm …« Oh, verdammt, reiß dich zusammen, Svenja! »Hast du zufällig mehr von den Hinterbeinen gefunden, als du brauchst?

Ich würde tauschen.« Ich legte den Vorderbeinknochen vor ihm auf den Tisch und bereute meinen Entschluss jetzt tatsächlich. Knochen mit David zu tauschen war irgendwie einfach gewesen. Im Gespräch mit Oliver fiel mir erst wieder auf, wie unappetitlich das Thema war.

»Oh, ernsthaft?«, kommentierte Ina, was der Sache nicht half. »Wie abartig ist das denn?«

Oliver allerdings schenkte mir ein Lächeln. »So einen hab ich, aber wie wär's, wenn ich mit an deinen Tisch komme? Dann können wir sehen, was wir sonst noch tauschen können.«

Da erst wurde mir klar, dass ich ihm gerade die perfekte Möglichkeit gegeben hatte, um von Ina wegzukommen.

Vielleicht hatte sie recht, und ich war echt armselig. Immerhin machte mein Herz auch ein paar freudige Sätze, als Oliver schnell seine Sachen zusammensuchte und mir dann auf dem Weg zurück zu meinem Tisch den Vortritt ließ. Ich musste mich mit aller Macht daran erinnern, dass er nicht tatsächlich etwas von mir wollte, sondern sicher einfach nur froh war, Ina loszuwerden.

David war mit seinem Sitznachbarn auf der anderen Seite in einen komplizierten Tauschhandel vertieft, als wir an meinem Platz ankamen. Erst ein wenig später bemerkte er Oliver und starrte ihn einen Moment lang aus zusammengekniffenen Augen an.

»Hey, Oliver.«

Oliver lächelte. »Hey, David. Nette Party Freitag.«

»Hab gehört, du bist recht früh gegangen.« Das hatte er von mir gehört, und die Missbilligung in seiner Stimme war kaum zu überhören.

Oliver zuckte mit den Schultern. »Kann nicht jeder Eltern haben, die sich nicht drum scheren, wo man bleibt.«

Autsch. David lehnte sich gleichgültig zurück, aber das musste einfach wehgetan haben. Oliver schien das auch zu bemerken, denn im nächsten Moment presste er die Lippen aufeinander und senkte den Blick. »Sorry.«

David nickte nur, dann war sein freches Grinsen wieder an Ort und Stelle. »So hatte ich auch noch was von der netten Gesellschaft.« Er neigte den Kopf leicht in meine Richtung.

Für eine Sekunde begegnete Oliver Davids Blick mit undeutbarer Miene. Heilige Scheiße, stritten die beiden gerade um mich? Das konnte nicht wahr sein, oder? Mein Magen verkrampfte sich mit einer seltsamen Mischung aus Schmetterlingen im Bauch und Sorge.

Im nächsten Augenblick lächelte Oliver wieder. »Ich sollte wohl an meinen Platz zurückgehen.«

Schnell suchte er seine Sachen zusammen und ließ mich komplett verwirrt und durcheinander zurück.

Die Frage, warum der Rest meiner Klassenkameraden mich nicht beachtete, war plötzlich komplett unwichtig geworden.

Kapitel 6

Erst in der U-Bahn dachte ich wieder daran, meine Mails zu checken. Als mein Handy mir eine neue Nachricht anzeigte, machte mein Herz einen kleinen Satz. Hatte Brigitte Berg mir wirklich geantwortet? Eilig tippte ich auf die Mail.

Liebe S.,
deiner Bitte entsprechend werden wir deine Mail nicht auf der Website veröffentlichen, aber selbstverständlich bekommst du trotzdem eine Antwort. Erst einmal klingt es so, als hättest du dir gleich zwei relativ nette Jungs angelacht. Dazu herzlichen Glückwunsch! ;-) Aber natürlich kann ich deine Verwirrung nachvollziehen. Lass uns die Jungs mal einen nach dem anderen beleuchten.

D.: Wenn du sagst, dass er mit allen Mädchen flirtet, kann es schon sein, dass es ihm mit dir nicht so ernst ist. Allerdings habe ich Hoffnungen für ihn, weil er sich um dich gekümmert hat, als er gemerkt hat, dass du durch den Wind warst. Normalerweise kann man die Leute, denen man wirklich etwas bedeutet, immer gut daran erkennen, ob sie für einen da sind, wenn es einem nicht so gut geht. Achte mal ein wenig auf sein Verhalten, und schau, ob er auch weiter in der Nähe bleibt, wenn du mal einen schlechten Tag hast.

Jetzt zu O.: Eine der Sachen, die du immer bedenken solltest, ist, dass Jungs keine übernatürlichen perfekten Wesen sind, sondern auch nur Menschen. Manchmal sind sie unsicher, und manchmal wissen sie selbst nicht so richtig, was sie tun, genau wie du auch. Aus der Ferne ist das schwer zu beurteilen, aber eventuell hat es ihn all seinen Mut gekostet, mit dir allein zu sein, aber dann hat er doch kalte Füße bekommen und ist deshalb geflüchtet. Wenn du in Zukunft mit ihm zu tun hast, versuch dich in seine Situation hineinzuversetzen, und überlege, wie du dich fühlen würdest. Dann wird vielleicht einiges klarer.

Bei all dem Grübeln darüber, was deine beiden Verehrer wollen könnten, vergiss aber nie das Wichtigste: Bevor du weiter versuchst herauszufinden, ob sie etwas von dir wollen, versuch vielleicht mal darüber nachzudenken, was du eigentlich jeweils von ihnen willst.

Alles Liebe,
Deine Brigitte Berg

Ich las die Mail noch zweimal. Wie immer hatte Dr. BB nicht direkt gesagt, was ich tun sollte. Das tat sie nie. Trotzdem fühlte ich mich ein bisschen besser. Vor allem das, was sie zu David geschrieben hatte, klang sehr vernünftig.

Dann blieb mein Blick noch einmal am letzten Satz der Mail hängen, und ich kaute nachdenklich auf meiner Unterlippe herum. Was ich wollte … Natürlich wusste ich, was ich wollte. Oder? Als ich versuchte, darauf in Gedanken eine Antwort zu formulieren, war mein Kopf plötzlich wie leergefegt. David und Oliver waren beide süß. So viel stand fest. Ich dachte an das Kribbeln, das meinen Arm hinaufgewandert war, als Oliver meine Hand genommen hatte. Und ich dachte daran, wie Davids Augen funkelten, wenn er mich neckte.

Ich war noch nie zuvor verliebt gewesen, aber so in etwa musste es sich anfühlen, oder? Mit einem Mal war ich mir unsicher. Wie stellte man überhaupt fest, ob man verliebt in jemanden war oder nicht?

Über mein Grübeln verpasste ich fast meine Haltestelle und sprang gerade noch rechtzeitig aus der U-Bahn, bevor sich die Türen wieder schlossen.

In Gedanken versunken wanderte ich zu dem alten Haus mit der Backsteinfassade zurück, aber meine Überlegungen drehten sich im Kreis. Wie stellte man fest, ob man jemanden einfach nett und interessant fand oder ob man tatsächlich etwas von ihm wollte?

Erst raue Männerstimmen holten mich wieder in die Realität zurück. Im Nachbareingang zum Haus meines Vaters standen wieder die Männer herum, die mit meinen Möbeln geholfen hatten. Sie unterhielten sich auf Russisch, und als ich vorbeiging, nickten sie mir freundlich zu. Ich lächelte zurück und fischte den Hausschlüssel aus meinem Rucksack, den mein Vater mir gegeben hatte. Ich wollte den Schlüssel gerade schon ins Schloss stecken, als mir ein Gedanke kam. Ich hielt inne und sah zu den Männern zurück.

Ob sie es meinem Vater erzählen würden, wenn ich ein paar Fragen stellte? Vielleicht nicht, wenn ich es eher beiläufig tat. Ich ließ den Schlüssel wieder sinken und stieg die drei Stufen vor dem Eingang hinab, um zu ihnen hinüberzugehen.

»Hi … ähm …«

Das Gespräch erstarb, und sie drehten sich zu mir um. Ein Mann mit einem zerzausten Bart, einem zerschlissenen Mantel und einer Zigarette in der Hand lächelte mir zu. »Hallo, Mädchen. Alles gut mit Möbel?« Er hatte einen starken russischen Akzent.

Ich nickte eifrig. »Ja. Dafür wollte ich mich noch richtig bedanken.«

»Keine große Sache«, sagte ein anderer, der ein bisschen mehr so aussah, als hätte er regelmäßigen Zugang zu einer Dusche. »Frederik guter Freund. Helfen gerne.«

»Wirklich?« Ich bemühte mich um einen möglichst unschuldigen Blick. »Er erzählt so wenig. Ich weiß nicht mal, woher er euch kennt.«

»Er nicht erzählt von Leben auf Straße?«, fragte der erste Mann.

Moment, war mein Vater etwa auch mal obdachlos gewesen? Das würde wohl zu der Einschätzung passen, die meine Mutter von ihm hatte. Eigentlich sollte ich darüber nicht so enttäuscht sein, aber ein Teil von mir hatte wohl immer noch gehofft, dass mein Vater doch ein Geheimagent war.

Ein anderer Mann stieß den ersten an und sagte etwas auf Russisch. Der erste zuckte mit den Schultern. »Ihn selber fragen, ja?«

Enttäuscht ließ ich die Schultern hängen. So viel zu dem Plan, von unseren netten Helfern etwas zu erfahren. Aber was konnte ich anderes tun, als verständnisvoll zu nicken? Und immerhin wusste ich nun ein weiteres Detail aus dem Leben meines Vaters. Auch wenn ich mir nicht so sicher war, was ich mit der Information anfangen sollte.

Als ich die Wohnungstür aufschloss, kam mir Horst freudig entgegen, aber ansonsten war es in der Wohnung still. Offensichtlich war mein Vater ausgeflogen. Ich versuchte das Kunststück zu vollbringen, mir die Schuhe auszuziehen und gleichzeitig dem Kater den Kopf zu kraulen, während meine Gedanken erneut wanderten. Eigentlich war das die Gelegenheit, mal ein wenig herumzuschnüffeln.

Ich zog mein Handy hervor und schrieb Jenny eine Nachricht: ICH HAB STURMFREI, WIE'S AUSSIEHT.

Jennys Antwort ließ nicht lange auf sich warten, und sie bewies, dass wir genau auf derselben Wellenlänge waren: OOOOH! ZEIT, IN SEINEN MAILS ZU STÖBERN!

Dahinter folgte ein Emoji, das ein wenig wie ein Ninja aussah.

Ich schickte einen nach oben gereckten Daumen und

einen lachenden Smiley zurück, obwohl mein Herz hämmerte wie verrückt.

Mit Horst auf den Fersen wanderte ich ins Wohnzimmer. Der Computer musste vorher in dem Raum gestanden haben, der jetzt mein Zimmer war, denn im Wohnzimmer wirkte er vollkommen fehl am Platz. Ein kleiner Schreibtisch stand direkt vor einem Bücherregal, darunter ein altmodischer Tower und darauf ein noch altmodischerer Röhrenbildschirm. Ernsthaft, noch ein paar Jahre und das Zeug konnte ins Museum. Vor dem Bücherregal führte ein Kabelsalat bis zu einer Mehrfachsteckdose.

Ich brauchte einen Moment, um den Einschaltknopf sowohl am Rechner als auch am Bildschirm zu finden. Während das alte Ding eine gefühlte Ewigkeit lang hochfuhr, spähte ich immer wieder Richtung Wohnungstür. Wenn mein Vater jetzt heimkam, hätte ich definitiv ein Problem zu erklären, was ich hier eigentlich machte.

Endlich erschien der Anmeldebildschirm. Ich klickte auf den einzigen Benutzer, den es gab.

Prompt kam die Aufforderung, ein Passwort einzugeben.

Mist.

PASSWORTGESCHÜTZT, schrieb ich Jenny.

VIELLEICHT HAT ER'S IRGENDWO AUFGESCHRIEBEN, kam die Antwort. MEINE MA KANN SICH IHR PASSWORT NICHT MERKEN, DAS STEHT AUF 'NEM ZETTEL UNTER DER TASTATUR.

Guter Gedanke. Ich hob die Tastatur hoch, aber da war

nichts. Also sah ich mich weiter auf dem Schreibtisch um. Leider war der erstaunlich aufgeräumt. Selbst auf dem Schreibtisch meiner Mutter lagen mehr Zettel und Krimskrams herum. Auf der linken Seite gab es allerdings eine Schublade. Ich zog sie auf.

Büroklammern, Stifte, Notizblöcke. Und ein Rahmen, der mit der Rückseite nach oben lag. Neugierig holte ich ihn hervor und drehte ihn um.

Es war ein altes Foto, das konnte man spätestens an der miesen Qualität erkennen. Selbst mein Handy machte inzwischen Fotos, die weniger pixelig aussahen. Aber ich konnte ziemlich eindeutig meine Mutter erkennen, und sie hielt ein Baby im Arm.

Für eine Weile starrte ich das Bild nur an. Mein Vater hatte also ein Foto von meiner Mutter und mir in seiner Schreibtischschublade. Vielleicht hatte es bis vor meinem Auftauchen sogar auf seinem Schreibtisch gestanden. Ein Bild von seiner Familie …

Horst strich an meinen Beinen entlang und holte mich damit aus meiner Erstarrung. Vorsichtig legte ich das Foto in die Schublade zurück und schloss sie wieder. Mein Handy summte mit einer weiteren Nachricht von Jenny, aber ich starrte nur weiter die nun geschlossene Schublade an. Mir war die Lust vergangen, in seinen Mails zu stöbern. Ich schaltete den Computer wieder aus.

Mein Vater hatte ein Foto von meiner Mutter und mir auf seinem Schreibtisch stehen. Warum zur Hölle hatte er sich dann in vierzehn Jahren nicht ein einziges Mal gemeldet?

Als mein Vater eine Stunde später nach Hause kam, brachte er Döner zum Mittagessen mit. Er wirkte fröhlich und redete darüber, mir mehr von Hamburg zu zeigen, aber ich gab nur einsilbige Antworten. Meine Gedanken waren immer noch bei dem Foto.

»Denkst du manchmal noch an Mama?«, platzte es schließlich aus mir heraus. Ich traute mich vielleicht nicht, ihm Fragen zu seiner Arbeit zu stellen, aber ich hatte ja wohl ein Recht zu wissen, wie meine Eltern eigentlich zueinander standen.

Mein Vater wurde schlagartig still. Er biss noch einmal von seinem Döner ab und kaute langsam, fast als wollte er Zeit schinden.

»Manchmal«, sagte er schließlich. »Aber es ist vierzehn Jahre her, dass ich sie gesehen habe. Ich sollte langsam über sie hinweg sein, nicht wahr?« Er klang ein bisschen traurig.

Was sollte das denn nun wieder heißen? »Solltest du?«

Er hob die Schultern. »Sollte ich wohl.«

Jetzt wollte ich es genau wissen. »Bist du aber nicht?«

Mit einem Seufzer ließ er seinen Döner sinken. »Ich wäre sehr glücklich gewesen, wenn wir eine Familie hätten bleiben können.«

Das ließ meine Mutter eher weniger gut dastehen. »Also war sie die Böse und hat dich sitzen lassen?«

»Sie war nicht böse. Sie hat an dein Wohl gedacht.«

Oh, das wurde ja immer besser. »Also bin ich schuld, dass ihr euch getrennt habt?«

»Nein, ich …«

»Du hast doch gerade gesagt, dass ihr euch immer noch geliebt habt, oder?«, unterbrach ich ihn. Ich sollte das Thema wahrscheinlich einfach fallen lassen, aber ich konnte es nicht. Es war derselbe Drang, der dafür sorgte, dass man ständig an einer Verletzung herumpulte, auch wenn man wusste, dass man damit alles schlimmer machte.

»Es war ganz sicher nicht deine Schuld«, beteuerte er. »Ich habe ein paar dumme Entscheidungen getroffen. Als ich gemerkt habe, wie dumm sie waren, war deine Mutter schon fort und … Ich wollte keine alten Wunden aufreißen. Manchmal ist es einfach zum Besten aller Beteiligten, wenn man die Leute, die man liebt, ziehen lässt.«

Ich schnaubte. Das war nun wirklich blödsinnig. »Und deshalb hast du dich nie gemeldet?«

»Ich dachte, du wolltest nichts von mir wissen.«

»Vielleicht hättest du mich das einfach mal fragen sollen, anstatt zu denken.«

Bei diesen Worten zuckte mein Vater sichtlich zusammen, und sofort taten sie mir leid. Irgendwie konnte ich nicht anders, bei diesem Thema ging ich immer sofort auf Konfrontation. Für einen Moment dachte ich darüber nach, mich zu entschuldigen. Andererseits war alles, was ich gesagt hatte, wahr. »Wenn einem was an jemandem liegt, bleibt man doch nicht einfach aus seinem Leben weg, nur weil man einmal Mist gebaut hat.«

Ohne dass ich etwas dagegen tun konnte, ging meine Stimme beim letzten Satz ein wenig nach oben, und ich spürte erste Tränen in meinen Augen. Verdammt. So hatte ich mir das nicht vorgestellt. Ich schniefte eilig und versuchte mich zusammenzureißen.

Mein Vater setzte dazu an, eine Hand über den Tisch auszustrecken, zog sie dann aber wieder zurück. »Es tut mir leid, Svenja. Ich … ich habe nicht erwartet, dass du so denken könntest.«

»Vor allem wenn du Mama noch geliebt hast und sie dich«, fuhr ich fort, ohne auf das einzugehen, was er gesagt hatte. »Du hättest um sie kämpfen können!«

Mein Vater seufzte. »Svenja, warst du schon mal verliebt?«

Die Frage war unfair, immerhin war ich mir darüber immer noch nicht sicher. »Darum geht es doch gar nicht!«, protestierte ich.

Er lächelte leicht. »Verliebtsein ist ein bisschen komplizierter, als man uns in Hollywoodfilmen weismachen will.«

Ich schnaubte, klammerte mich nun geradezu an meinen Ärger. Immerhin hielt er die Tränen zurück. Ich hasste es, wenn Erwachsene einem mit der »Ich habe mehr Erfahrung als du«-Karte kamen. Und erstaunlicherweise waren Sachen immer vor allem dann »komplizierter, als du glaubst«, wenn ein Erwachsener einfach zu faul war, in irgendetwas Arbeit hineinzustecken.

Ich nahm meinen Döner und stand auf. »Meine Hausaufgaben sind auch komplizierter, als du glaubst. Ich gehe jetzt für den Rest des Nachmittags im Internet surfen.«

Das beschämte Schweigen, das mir in mein Zimmer folgte, war immerhin ein wenig befriedigend.

Und gut, okay, ich wusste vielleicht wirklich noch nicht sonderlich viel über das Verliebtsein, aber nun war ich erst recht entschlossen, so viel wie möglich darüber herauszufinden. Ich schrieb eine weitere Mail an Brigitte Berg, um sie zu fragen, wie ich feststellen konnte, von welchem der beiden Jungs ich eigentlich etwas wollte.

Kapitel 7

Am nächsten Morgen hatte ich von Brigitte Berg natürlich noch keine Antwort. In der ersten Pause checkte ich fünfmal meine Mails. Irgendwann hielt ich es nicht mehr aus und schrieb Jenny eine Nachricht:

MAN KANN NICHT IN ZWEI TYPEN GLEICHZEITIG VERSCHOSSEN SEIN, ODER?

Jenny schickte einen lachenden Smiley zurück. WART'S EINFACH AB. DU WIRST SCHON IRGENDWANN MERKEN, IN WEN DU WIRKLICH VERLIEBT BIST.

Sehr hilfreich.

In der zweiten Pause merkte Anna, dass mich irgendetwas beschäftigte. »Alles in Ordnung?«, fragte sie. Wir saßen in einer ruhigeren Ecke des Schulhofes auf dem Rand einiger Blumenkübel. Die Sonne schien uns auf den Rücken, und ich sah einer Gruppe Fünftklässler dabei zu, wie sie sich ein Stück entfernt über ein Spiel beugten, ohne dass ich sie tatsächlich bewusst wahrnahm.

Ich nickte. »Hatte ein bisschen Stress mit meinem Vater.« Das war immerhin nicht gelogen.

»Kennenlernen läuft nicht gut?«, fragte sie. Ich hatte ihr

inzwischen von der Scheidung meiner Eltern und all dem erzählt.

Ich hob die Schultern. »Jedes Mal, wenn wir über meine Mutter und die Scheidung und so reden, gibt's Streit. Gestern hat er so einen Bullshit vom Stapel gelassen, dass Verliebtsein ja viel komplizierter sei, als ich meine.«

Anna zog eine Grimasse. »Erwachsene eben.«

»Warst du schon mal verliebt?«, platzte ich heraus. Im nächsten Moment bereute ich die Frage. So gut kannten wir uns jetzt auch wieder nicht.

Anna errötete ein wenig und starrte auf ihre Schuhspitzen.

»Ist nicht so wichtig«, murmelte ich.

»Na ja …« Sie hob die Schultern. »Keine Ahnung, ehrlich gesagt.«

Okay, wenn sie drüber reden wollte. Ich legte den Kopf schief.

»Na ja …«, sagte sie noch einmal und hob erneut die Schultern. »Ich weiß nicht so richtig, wo der Unterschied ist zwischen verliebt sein und jemanden einfach sehr mögen.«

Na, immerhin war ich mit dem Problem nicht allein. Auch wenn ich mir Anna schwer dabei vorstellen konnte, wie sie versuchte sich zu entscheiden, welchen von zwei Jungs sie lieber mochte.

»Vor allem weil …« Anna stockte.

»Vor allem weil?«, fragte ich vorsichtig.

Sie warf mir einen langen Blick zu und zerwuschelte sich

mit der Hand die Frisur, als überlegte sie, ob sie mir wirklich mehr anvertrauen wollte.

»Oh, jetzt sag nicht, dass es David oder Oliver ist.«

Anna lachte. »Nein … nein …« Sie holte tief Luft. »Es ist Christina.«

Ich blinzelte. »Das Mädchen, das in Bio neben dir sitzt?«

Anna nickte langsam und ließ mich dabei nicht aus den Augen.

»Oh.« Okay, damit hatte ich jetzt nicht gerechnet. Was sagte man denn in so einer Situation am besten? Meine Mutter hatte mir vor Jahren mal eine sehr verschämte »Manchmal gibt es Männer, die andere Männer lieber mögen als Frauen«-Ansprache gehalten. Dass das umgekehrt auch für Frauen galt, hatte ich im Laufe der Zeit dann selbst herausgefunden. Aber das war's dann auch schon mit meinen grandios vielfältigen Erfahrungen in dieser Hinsicht.

»Wenn du's ihr sagst, bring ich dich um«, murmelte Anna. Sie rupfte ein Blatt von einer der Pflanzen im Kübel hinter ihr und zerriss es in kleine Stücke.

Nun musste ich lachen. »Wie sollte ich's ihr sagen? Sie redet wie jeder andere sowieso nicht mit mir.«

Nun war Anna diejenige, die »Oh« sagte. Sie ließ die Stücke des Blatts eines nach dem anderen zu Boden rieseln. »Stimmt ja … Ich glaube übrigens, das war Ina.«

»Ernsthaft?« Falls ich Ina doch noch verprügeln sollte, konnte man dann die Tatsache, dass sie mir das Leben so verdammt schwer machte, als mildernde Umstände anführen?

Anna hob die Schultern. »Sie war wohl echt sauer nach dem Zusammentreffen im Schwimmbad und hat überall rumerzählt, wie scheiße sie dich findet. Und die meisten wollen wohl nicht riskieren, dass sie sie auch auf den Kieker nimmt.«

Das konnte ich sogar fast verstehen. »Was ist mit dir?«

»Wir sind beide Ehrenmitglieder im Außenseiterclub, schon vergessen?«

Ich musste grinsen. »Wir sollten Clubausweise drucken.«

Das brachte Anna wieder zum Lachen. »Sieht ganz so aus.« Dann wurde sie wieder ein wenig ernster. »Also … alles gut? Du findest mich nicht irgendwie komisch, weil ich … vielleicht was von einem Mädchen will?«

Ich schüttelte den Kopf. »Jeder, der nicht unsinnig eifersüchtig auf mich wird, weil ich mit irgendeinem Jungen rede, ist mir im Moment mehr als nur recht.«

Anna lachte, dann umarmte sie mich kurz. »Es tut wirklich gut, das mal jemandem zu erzählen. Ich komm mir so komisch vor.«

Etwas unbeholfen tätschelte ich ihre Schulter. Gleichzeitig fühlte es sich aber an, als wäre ein Gewicht von meinen Schultern genommen worden. Ich hatte eine Freundin gefunden. Nicht einfach jemanden, der hin und wieder etwas mit mir unternahm, sondern eine echte Freundin, die Geheimnisse mit mir teilte und mit der ich über mehr reden konnte als Klamotten und Schuhe.

Wir redeten noch eine Weile über Schmetterlinge im

Bauch und dieses elektrische Kribbeln auf der Haut, wenn Finger sich zufällig berührten. Über die Art, wie einem bestimmte Leute nicht aus dem Kopf gingen und wie man alle Vorsätze vergaß, wenn sie einen anschauten.

»Oje …«, sagte Anna schließlich. »Ich glaub, ich bin echt verliebt …«

Ich grinste ein wenig schief. »Glückwunsch.« Ich war dagegen noch immer hin- und hergerissen. Sowohl Oliver als auch David wollten mir einfach nicht aus dem Kopf gehen.

Anna vergrub das Gesicht in den Händen. »Und wie finde ich jetzt raus, ob sie was von mir will? Ich meine, wie hoch sind die Chancen, dass sie auch auf Mädchen steht?«

Irgendwie war es zwar nicht nett, aber es tat doch gut zu wissen, dass es Leute gab, die noch größere Probleme hatten als ich.

Zu versuchen, die Probleme anderer Leute zu lösen, war außerdem deutlich besser, als über meine eigenen zu brüten. Nachdenklich kaute ich auf meiner Unterlippe herum. »Du bräuchtest jemanden, der sie unauffällig fragt.«

Anna schnaubte. »Klar, weil man so was unauffällig fragen kann.«

Okay, ja, das war ein guter Punkt. So schnell wollte ich aber nicht aufgeben. »Na ja, ich meine nur, es könnte jemand Christina stecken, dass sie eine Verehrerin hat. So könnte man vorsichtig rausfinden, ob sie die Idee generell eher schrecklich findet oder nicht. Und wenn sie nicht gut drauf reagiert, erfährt sie nie, dass du's bist.«

Annas Augen leuchteten mit zurückhaltender Hoffnung. »Würdest du …?«

»Du bist das einzige Mädchen, das mit mir redet, Anna.«

»Oh … stimmt … das wäre wahrscheinlich irgendwie auffällig, oder?«

Ich nickte, während ich aber gleichzeitig weitergrübelte. »Wenn ich David fragen würde, würde er vielleicht …«

Eilig hob Anna eine Hand, um mich zu bremsen. »Nicht David! Dann weiß es nächste Woche die ganze Schule. Da kann ich gleich mit Neonfarben ein Plakat malen: ›Hallo, ich bin übrigens lesbisch.‹«

Da war wahrscheinlich was dran. »Oliver?«, fragte ich.

Anna wiegte unentschlossen den Kopf. »Na ja … der erzählt es wahrscheinlich nicht sofort überall rum. Aber ich weiß nicht, ob ich …«

Ich lächelte. »Ich kann ihn ja fragen.«

Theoretisch wollte ich Oliver immer noch ignorieren, aber wenn ich Anna damit helfen konnte, würde ich natürlich eine Ausnahme machen. Total selbstlos und so. Nicht dass ich mich jetzt schon darauf freute, wieder mit ihm zu reden.

Es dauerte bis nach der Schule, bevor ich Oliver erwischte, ohne dass Ina in der Nähe herumhing. Ich holte ihn auf dem Weg zur U-Bahn ein – was eher suboptimal war, weil ich mit zerzaustem Haar und außer Atem neben ihm auftauchte. Als er dann auch noch mit einem leichten Lächeln den Kopf schief legte und mich aus seinen grünen Augen fragend anschaute, war alles, was ich sagen wollte, komplett weg.

»Äh …« Na, immerhin war er das inzwischen von mir gewohnt.

Er lächelte noch etwas breiter. »Ich glaube, ich habe mich noch gar nicht dafür bedankt, dass du mich gestern in Bio aus Inas Fängen befreit hast.«

Das wirkte wie ein Guss kalten Wassers. Natürlich. Er brauchte mich ja nur als Ausrede, um Ina für eine Weile abzuschütteln. Er wollte nicht wirklich etwas von mir. Das sollte ich mir besser merken. Plötzlich konnte ich wieder ganze Sätze formen. »Würdest du sagen, du schuldest mir was dafür?«

Darüber schien er eine Weile nachzudenken. »Vielleicht.«

Ha! Immerhin hatte die Sache dann ein Gutes. »Gut. Ich muss dich nämlich um was bitten, und du musst versprechen, niemandem davon zu erzählen.«

Er zog eine Augenbraue hoch. »Okay.«

»Es geht um Anna.«

Er zog seine Augenbraue noch etwas höher. »Okay.«

»Und ich schwöre, wenn du gleich noch mal okay sagst, haue ich dich.«

Er grinste. »Okay.«

Gegen meinen Willen musste ich lachen.

Olivers grüne Augen funkelten. »Wenn diese Erklärung länger dauert, könntest du dich währenddessen von mir zu einem Eis einladen lassen.« Er deutete die Straße hinunter, wo eine kleine Eisdiele geöffnet hatte.

Ich blinzelte. Damit hatte ich nun irgendwie nicht gerechnet. »Was?«

Mit einem Mal wirkte er etwas unsicher. »So als Dankeschön und Wiedergutmachung dafür, dass du dich mit Inas Mist herumschlagen musst?«

Er wollte nicht tatsächlich etwas von mir. Er wollte nicht tatsächlich etwas von mir. Trotzdem, als ich den Mund öffnete, war alles, was herauskam: »Gerne.«

Ich war so blöd.

Olivers Lächeln kehrte mit voller Stärke zurück, und er ergriff meine Hand, wie er es auf der Party getan hatte. Die Berührung jagte einen Schauer meinen Arm hinauf, und ich konnte nichts weiter tun, als mich von ihm mitziehen zu lassen.

Ich bestellte eine Kugel Schokoladeneis und kam mir total komisch vor, während Oliver bezahlte. Dann setzten wir uns an einen der Tische, die vor der Eisdiele auf der Straße standen. Dort erzählte ich ihm die ganze Sache mit Anna.

»Also«, fasste er die Situation schließlich zusammen, »ich soll Christina irgendwie stecken, dass sie eine geheime Verehrerin hat, und rausfinden, ob sie das prinzipiell okay findet oder nicht.«

Ich nickte eifrig. »Und wenn du irgendwem erzählst, wer dahintersteckt, sage ich Ina, dass du heimlich total auf sie stehst, und dann hast du nie wieder Ruhe vor ihr.«

Oliver lachte ein wenig bitter. »Ich glaube nicht, dass das viel an ihrem Verhalten ändern würde.«

Das Blödeste daran war, dass er damit wahrscheinlich sogar recht hatte. »Ernsthaft, warum sagst du ihr nicht einfach, sie soll die Biege machen?«

»Ich hab ihr bereits ziemlich deutlich gesagt, dass ich nichts von ihr will. Aber sie glaubt mir nicht. Sie ist …« Er stockte und suchte nach Worten. »Du müsstest mal ihre Eltern sehen, das erklärt wirklich einiges, was ihr Verhalten angeht. Manchmal tut sie mir ein bisschen leid, deshalb bring ich's wohl nicht über mich, wirklich unfreundlich zu ihr zu sein. Und dann denkt sie anscheinend wieder, da sei doch was. Keine Ahnung …«

Ich schüttelte den Kopf. Kein Schimmer, in welcher Welt einem Ina leidtun konnte, so wie sie sich immer benahm. »Du bist echt zu nett.«

Oliver lachte. Dann streckte er den Arm über den Tisch aus, und plötzlich lag seine Hand auf meiner. Ich erstarrte und wagte es nicht einmal zu atmen. Wieder spürte ich das Kribbeln unter seiner Berührung, und ein ganzer Schwarm Schmetterlinge schien in meinem Bauch starten zu wollen. Ich sah von meinem Eis auf und direkt in Olivers grüne Augen, und mein ganzes Denken setzte für einen Moment aus …

Okay, ich war verliebt, oder?

»Es tut mir leid, dass Ina dir das Leben so schwer macht. Ich weiß nicht, warum sie's so auf dich abgesehen hat.«

Aber natürlich war ich in einen Kerl verliebt, der nicht mal kapierte, dass ich etwas von ihm wollen könnte. Was denn auch sonst?

Ich schluckte und versuchte die ganzen unterschiedlichen Gefühle zu sortieren, die mich zu überwältigen drohten. Wie konnte man gleichzeitig auf Wolke sieben schweben und sich so am Boden fühlen? Eigentlich sollte das echt nicht möglich sein.

Wahrscheinlich hätte ich meine Hand unter Olivers wegziehen oder sonst irgendwas tun sollen, das deutlich machte, dass er nicht so tun sollte, als ob er es ernst meinte. Aber seine Finger waren angenehm warm, und sein Blick hielt meinen immer noch gefangen. Ich hätte nichts dagegen gehabt, wenn dieser Moment einfach nie vorübergehen würde.

Es dauerte eine Weile, bis mir aufging, dass ich etwas sagen musste. »Ähm … ist schon okay.«

War es natürlich nicht, aber was hätte ich sonst sagen sollen?

Oliver wirkte erleichtert. Für einen Augenblick ließ er seine Hand noch auf meiner liegen, dann schien er zu bemerken, was er da tat, und zog sie zurück. »Also, das mit Anna und Christina ist kein Problem«, sagte er schließlich. »Kriege ich schon irgendwie hin. Aber ich hoffe, Anna macht sich keine allzu großen Hoffnungen. Ich meine, wie hoch sind denn die Chancen?«

Ich hob die Schultern und versuchte mein hämmerndes Herz wieder unter Kontrolle zu bekommen. Meine Kugel

Schokoladeneis war inzwischen halb geschmolzen, und ich schleckte eilig herunterfließende Schokosoße ab, um zu verhindern, dass es tropfte. »Man kann's nicht wissen, bis man's nicht versucht.«

Oliver lächelte. »Du bist eine echt gute Freundin für Anna.«

Mein Herz machte sofort wieder einen Satz. Vielleicht hatte Ina recht und ich war armselig, wenn ich so auf ein Lob von Oliver reagierte. Aber für den Moment war es mir egal.

Kapitel 8

Mir schwirrte noch immer der Kopf, als ich die uralte Wohnung meines Vaters erreichte. Diesmal war er zu Hause und wartete schon mit dem Essen auf mich. »Das hat länger gedauert, als ich dachte.«

Ich wich seinem Blick aus, weil ich ziemlich sicher war, dass man mir ansehen konnte, wie voll mein Kopf mit Gedanken an Oliver war. »War noch ein Eis essen nach der Schule.«

Mein Vater lächelte. »Ah gut. Ich hoffe, du hast trotzdem noch Hunger. Ich habe gekocht.«

Oh, wow. War heute ein besonderer Tag oder so was? »Du kannst kochen?«

»Na ja … es gibt Spaghetti mit Fertigsoße. Aber ich dachte mir, wenn ich dich die ganze Zeit nur mit Fastfood, Pizza und Döner ernähre, bringt deine Mutter mich irgendwann um.«

Ich musste lachen, als ich mir das vorstellte. »Spaghetti mit Soße klingt nicht schlecht.«

Später, als ich über meinen Hausaufgaben saß, klingelte mein Handy. Für einen Moment starrte ich es einfach nur irritiert an. Mein Handy klingelte nie. Alle meine Freunde schrieben WhatsApp-Nachrichten. Die meisten Leute, die ich kannte, hassten Telefonieren.

Trotzdem klingelte es. Die Nummer auf dem Display sagte mir nichts. Vielleicht nur irgendein Marketing-Blödsinn? Ich wollte den Anruf gerade wegdrücken, als mir die Heilbronner Vorwahl auffiel. Mein Magen krampfte sich zusammen. Eilig ging ich dran.

»Ja?«

»Klinikum am Gesundbrunnen, Dr. Winkler am Apparat. Spreche ich mit Svenja Peters?«, fragte eine mir unbekannte Frauenstimme.

»Ja …«

»Gut … also … ich muss dich informieren, dass es deiner Mutter etwas schlechter geht.«

Jetzt war mir wirklich übel. »Was heißt schlechter?«

»Es gab geringfügige Einblutungen im Hirn, die zu Komplikationen geführt haben. Einige Fortschritte, die sie in letzter Zeit gemacht hat, sind damit hinfällig. Normalerweise bildet sich das aber wieder zurück. Das braucht nur Zeit.«

»Okay … also …« Ich schluckte. »Sie wird immer noch wieder gesund, oder?«

»Ja, sie wird immer noch gesund«, bestätigte die Ärztin eilig. »Dürfte ich vielleicht mal deinen Vater sprechen? Wir haben leider keine Festnetznummer.«

»Klar …« Ich fühlte mich wie betäubt, während ich aufstand und ins Wohnzimmer ging. Mein Vater saß an seinem Computer und beantwortete irgendwelche E-Mails, wie es aussah. Im Moment hätte mir das nicht egaler sein können. Ich hielt ihm das Handy hin, ohne ein Wort zu sagen, und ein Blick in mein Gesicht genügte, damit er es kommentarlos nahm.

»Ja?«

Er stand von seinem Computer auf und schaltete den Bildschirm aus, dann ging er im Raum auf und ab, während er der Ärztin auf der anderen Seite der Leitung lauschte. Er sagte ein paarmal »Ja«, ein paarmal »Mhm«, und dann: »Ich verstehe. Danke.«

Schließlich legte er auf und gab mir das Handy zurück. »Sie wird wieder gesund«, sagte er. »Das ist nur ein kleiner Rückfall. Alles wird gut.«

Ich wollte ihm so gerne glauben. Als meine Mutter in die Klinik gekommen war, hatte es noch geheißen, es würde ihr schnell wieder besser gehen. Aber jetzt? So ein Rückfall bedeutete wahrscheinlich, dass sie noch ewig in der Reha bleiben musste. Ich fühlte, wie mir Tränen in die Augen stiegen. Wütend wischte ich sie weg.

Mein Vater legte mir eine Hand auf die Schulter. »Es wird vielleicht ein bisschen länger dauern als gedacht, aber sie wird wieder gesund«, wiederholte er. »Und du kannst so lange hierbleiben, wie du willst. Ich werfe dich nicht einfach irgendwann raus. Ich bin froh, dass du hier bist. Wir bekommen das zusammen hin, bis es deiner Mutter wieder besser geht.«

Ich nickte und versuchte erfolglos, meine Unterlippe davon abzuhalten, zu zittern. »Kann sie meinen Namen noch sagen?«

Die Art, wie mein Vater zögerte, reichte aus. »Sie erinnert sich momentan praktisch an gar keine Worte.«

Ich presste die Lippen aufeinander und nickte noch einmal, diesmal langsamer.

Nach einem Moment zog mein Vater mich zu sich heran und schloss beide Arme um mich. Ich vergrub das Gesicht an seiner Schulter. Er roch nach alten Büchern und den Spaghetti, die er zu Mittag gekocht hatte. Irgendwie kam mir der Geruch vertraut vor.

»Weißt du, dass ich dich früher immer hin und her getragen habe, wenn du nachts geweint hast?«, fragte er.

Ich schüttelte den Kopf.

»Du wolltest nie schlafen. Ich bin bestimmt Kilometer gelaufen mit dir auf dem Arm. Und immer, wenn ich dich abgelegt habe, hast du wieder angefangen zu schreien.«

Ich schniefte. »Versuchst du mir gerade zu sagen, dass ich schon immer eine Heulsuse war?«

»Was?« Er lachte. »Nein. Das ist nur eine meiner schönsten Erinnerungen an dich. Wie du mit dem Kopf auf meiner Schulter geschlafen hast, während ich mitten in der Nacht durch die Wohnung gewandert bin und dir Geschichten darüber erzählt habe, wo wir zusammen überall hinlaufen.«

Ich schnaubte, aber immerhin hatten die Tränen aufgehört zu fließen. Vorsichtig löste ich mich aus der Umarmung und wischte mir das Gesicht mit dem Ärmel ab. »Wenn das deine schönste Erinnerung ist, muss ich ja ein echt schreckliches Kind gewesen sein.«

Mit einem schiefen Grinsen hob er die Schultern. »Ich bin gerne mitten in der Nacht wach. Es gibt kaum eine Zeit, zu der die Welt friedlicher ist.«

Das erklärte immerhin, warum er morgens kaum aus dem Bett kam.

»Und du glaubst gar nicht, wo wir überall zusammen hingewandert sind«, fuhr er fort.

Während ich mich langsam wieder zusammenriss, fuhr er damit fort, mir Geschichten aus der kurzen Zeit zu erzählen, als wir eine vollständige Familie gewesen waren. Ich lachte über Beschreibungen davon, wie ich mit Brei die halbe Küche verwüstet hatte, und darüber, wie er immer so getan hatte, als könnte er bereits richtige Gespräche mit mir führen.

»Das hat deine Mutter wahnsinnig gemacht.« Seine Augen funkelten. »Du hast irgendwelche Geräusche von dir gegeben, und ich habe so was gesagt wie: ›Bist du sicher? Ich habe Kants Kritik der reinen Vernunft immer ein bisschen anders verstanden.‹«

»Du hast mir ja viel zugetraut.«

Er lächelte. »Ich wusste immer, dass du ein kluges Mädchen werden würdest.«

Das sorgte dafür, dass sich ein warmes, wohliges Gefühl in mir ausbreitete.

»Wenn du nicht willst, musst du morgen nicht in die Schule«, sagte er nach einer Weile.

Das klang sehr verlockend. Ich lächelte. »Dazu sag ich ganz sicher nicht Nein.«

Den nächsten Vormittag verbrachte ich damit, auszuschlafen, während mein Vater frühmorgens aufstehen musste, um in der Schule anzurufen. Als ich um elf Uhr aus dem Bett kroch, Horst dicht auf den Fersen, und meinen Vater grummelig über einer Tasse Kaffee sitzen sah, konnte ich mir ein Schmunzeln nicht verkneifen.

Er deutete mit finsterer Miene auf mich. »Wenn du irgendwas sagst, tu ich dir den Gefallen nie wieder.«

Ich tat so, als würde ich mir mit einem Reißverschluss den Mund zuziehen, und spähte in die Tüte mit den Brötchen, die er geholt hatte. Die Sorge um meine Mutter war immer noch ein schwerer Klumpen in meinem Magen, aber immerhin fühlte ich mich damit jetzt weniger allein.

Den Rest des Vormittags verbrachte ich trotzdem damit, über das Gehirn, sein Sprachzentrum und Therapien zu recherchieren. Um die Mittagszeit klingelte es. Mein Vater runzelte die Stirn, bevor er zur Wohnungstür ging. Kurz lauschte er in den Hörer der Gegensprechanlage, dann drückte er den Türsummer. »Es ist jemand aus der Schule.«

Nun war ich dran mit Stirnrunzeln. Wer aus der Schule wusste überhaupt, wo ich wohnte?

David natürlich. Wenig später stand er mit einem schiefen Grinsen auf dem Treppenabsatz und hielt mir ein paar Zettel hin. »Carepaket von Anna. Sie hat die Hausaufgaben und das ganze Zeug für dich gesammelt. Hab ihr gesagt, dass du das vielleicht lieber nicht haben willst, weil du's dann ja machen musst, aber sie hat drauf bestanden.«

Ich lächelte und nahm die Zettel entgegen. »Danke.«

Seine Augen funkelten. »Siehst ziemlich gut aus für jemanden, der krank ist.«

»Ich bin nicht wirklich krank. Hatte nur … also … schlechte Neuigkeiten gestern.«

Sofort wurde David ernster, als ich ihn je zuvor gesehen hatte. »Ah, scheiße …« Nach einem Moment des Zögerns fügte er hinzu: »Also, falls du drüber reden magst oder so was …« Er ließ den Satz unbeendet in der Luft hängen.

Okay, das hatte ich von David nicht erwartet. Ich musste an Dr. BBs Ratschlag denken, dass ich darauf achten sollte, wie David mich behandelte, wenn es mir nicht gut ging. Bevor ich allerdings genauer darüber nachdenken konnte, steckte Horst neugierig den Kopf aus der Tür. Eilig schob ich ihn wieder nach hinten. »Nein, Horst! Böser Kater!«

»Oh, wow«, sagte David. »Ich glaub, das ist die hässlichste Katze, die ich je gesehen hab.«

Ich musste grinsen. »Sag so was nicht. Du verletzt seine Gefühle.«

»Warum bittest du deinen Besucher nicht herein?«, rief mein Vater aus dem Wohnzimmer.

Ich warf David einen unschlüssigen Blick zu. Wollte ich wirklich, dass mein Vater ihn auf die elterntypische Art mit Fragen löcherte?

»Wir können uns auch irgendwohin verziehen«, schlug David vor.

Das klang besser. »Was dagegen, wenn ich stattdessen für eine Weile verschwinde?«, rief ich meinem Vater zu.

»Kein Problem. Lass dich nur nicht von irgendwem erwischen, der petzen könnte, dass du gar nicht krank bist.«

David hob eine überraschte Augenbraue. »Scheint ziemlich in Ordnung zu sein, dein alter Herr.«

Ich grinste, plötzlich sehr stolz auf meinen Vater. Ich schob Horst noch ein Stückchen weiter in den Wohnungsflur und schlüpfte eilig in meine Schuhe. Wenig später stand ich zusammen mit David draußen auf der Straße. »Also, wohin?«

Diesmal hatte David die Vespa seines Bruders nicht dabei. Stattdessen wanderten wir zur U-Bahn-Haltestelle. Wir fuhren ein Stück, stiegen in die S-Bahn um und schließlich in Wilhelmsburg aus. Von dort ging es Richtung Hafen. Bevor wir allerdings die Elbe tatsächlich erreichten, zog David mich von der Straße auf eine alte, verfallene Fabrikhalle zu. Die Tür stand offen, drinnen war alles mit Graffiti besprüht. Ich sah rostige Fertigungsstraßen und eine Senke in der Mitte der Halle, in der das Wasser stand.

David drehte sich mit ausgebreiteten Armen in der Mitte der Halle. »Na? Ich wette, das hat Anna dir nicht gezeigt.«

»Nee, mit Anna war ich an gemütlicheren Plätzen.«

In gespieltem Schock griff David sich ans Herz. »Gemütlich? Wer braucht schon gemütlich, wenn er abgefahren und ein bisschen gruselig haben kann?«

Ich musste lachen und sah mich weiter um. Sonnenlicht filterte durch das teilweise fehlende Dach und die zerbrochenen Fenster. An einigen Stellen wuchsen Büschel von Gras zwischen Beton und rostigem Metall. Eigentlich war es nicht so richtig gruselig. Eher wirkte der ganze Ort ein wenig verwunschen.

»Es ist ziemlich cool«, gab ich zu.

David grinste stolz.

Wir erkundeten die Halle noch ein wenig. An einer Stelle hingen rostige Ketten von der Decke. David packte eine davon und rasselte damit. »Hier wurden bestimmt mal irgendwelche gruseligen Experimente gemacht oder so was.«

Ich verdrehte die Augen. »Klar.«

»Doch … schau mal …« Er trat an etwas heran, das wie ein Tisch aussah, zu dem mehrere dicke Kabel führten. Dort breitete er die Arme aus und legte den Kopf in den Nacken. »Es lebt! Es lebt!«

Das Ganze rundete er mit einem manischen, fast schon filmreifen Lachen ab.

Ich musste grinsen. »Dir fehlt noch ein weißer Laborkittel.«

»Stimmt. Nächstes Mal bring ich einen mit.«

Schließlich fanden wir einen Betonblock, auf den wir uns setzen konnten. David zog zwei leicht zerdrückte Schokoriegel aus seiner Tasche und reichte mir einen davon. Ich begutachtete ihn etwas skeptisch. »Wie lange schleppst du den schon mit dir rum?«

»Seit heute Morgen, ich schwör's. Der ist noch gut.« Er öffnete seinen eigenen. »Aber ich kann für Eure Hoheit vorkosten, wenn Euch das lieber ist.«

Ich lachte. »Nicht nötig.«

Für eine Weile aßen wir unsere Schokoriegel schweigend. Es war seltsam. David bescherte mir nicht dasselbe Herzklopfen wie Oliver. In seiner Gegenwart stammelte ich auch nicht ständig wie blöd herum. Aber dafür fühlte ich mich in seiner Nähe immer irgendwie wohl. Als würden wir uns schon ewig kennen. Es war so leicht, mit ihm herumzualbern und zu lachen. Und ich stellte fest, dass ich zum ersten Mal seit gestern Abend eine Weile nicht an meine Mutter gedacht hatte.

Nun allerdings kam die Sorge mit Macht zurück. Mit einem Mal hatte ich keinen Appetit mehr. Ich ließ den Schokoriegel sinken.

David lehnte sich gegen mich, und ein warmes Gefühl breitete sich von der Stelle in meinem Körper aus, an der unsere Schultern sich berührten. »Du guckst, als hätte jemand deine Katze erst vor Kurzem in den Mixer geworfen. Dabei hat sie den Kampf ganz eindeutig schon vor einer Weile gewonnen.«

Ich gab ein ziemlich unelegantes Schnaubgeräusch von mir und war froh, dass ich gerade kein Stück Schokoriegel im Mund hatte.

»Wie gesagt«, fügte er hinzu, »wenn du drüber reden magst …«

Ich hob die Schultern. »Da gibt's nicht so viel zu reden. Meine Mutter hatte einen Unfall, der irgendwie ihr Sprachzentrum beschädigt hat, und jetzt muss sie neu sprechen lernen.«

»Deshalb bist du hier?«, fragte David.

Ich nickte. »Sonst hätte ich in so eine komische Jugend-WG gemusst.«

»Okay, aber das sind ja dann kaum Neuigkeiten.«

Wieder nickte ich. »Gestern Abend hat jemand vom Krankenhaus angerufen. Sie hatte noch mal Einblutungen im Hirn, und ein größerer Teil ihrer Fortschritte ist futsch.«

»Ah, fuck«, fasste David sehr treffend zusammen.

»Sie wird wohl trotzdem wieder gesund, aber es dauert eben noch mal länger als gedacht.«

»Shit.«

Ich hob die Schultern.

»Wusste gar nicht, dass es so was gibt«, sagte er nach einer Weile. »Sie kann einfach nur nicht sprechen? Sonst funktioniert alles?«

Ich nickte. »Sie versteht auch nicht alles, aber mehr, als sie selber sprechen kann. Sie kann nur irgendwie … Dingen keine Worte zuordnen oder so. Ist total seltsam.«

»Also ein bisschen so, als wäre sie stumm?«

So hatte ich das noch gar nicht betrachtet. Ich nickte. »Schätze schon. Außer dass sie halt auch nicht schreiben kann oder Zeichensprache oder so.«

»Krass«, sagte er. »Und echt unschön«, fügte er schnell hinzu. »Aber ich schätze, wenn irgendein Teil vom Hirn bei einem Unfall kaputtgeht, dann besser das Sprachzentrum als sonst irgendwas.«

Das ließ mich innehalten. Nachdenklich knabberte ich an meinem Schokoriegel. Wenn man es so betrachtete, stimmte das natürlich. Vor allem da meine Mutter ja früher oder später neu sprechen lernen würde. Zumindest wenn man den Ärzten glauben wollte. Natürlich war die ganze Situation alles andere als toll, aber vielleicht machte ich mir zu viele Sorgen?

»Hm …«, machte ich etwas überrascht. Der Knoten aus Sorge in meinem Magen löste sich ein wenig.

David grinste und legte den Arm um meine Schultern. Ich lehnte mich gegen ihn und fühlte mich dabei erstaunlich sicher und geborgen.

»Danke«, sagte ich.

Dann fiel mir noch jemand ein, an den ich heute kaum gedacht hatte: Oliver. Gestern noch war ich mir ziemlich sicher gewesen, dass ich in ihn verliebt war. Jetzt dachte ich darüber nach, ob ich nicht vielleicht doch etwas mehr als Freundschaft für David empfand. Ernsthaft, wie schwer konnte so was denn sein?

Liebe S.,

verliebt zu sein, ist für jeden ein bisschen unterschiedlich, und es fühlt sich auch bei jeder Person, in die du verliebst bist, ein bisschen anders an. Deshalb klingt das jetzt wahrscheinlich blöd, aber es ist schwer zu sagen, woran man feststellt, dass man verliebt ist.

Verliebtsein ist außerdem etwas, das oft erst über einen gewissen Zeitraum entsteht. Nicht jedem passiert es, dass es ihn beim ersten Anblick seiner großen Liebe direkt umhaut, mit Violinen im Hintergrund und all dem. Manchmal ist da jemand, mit dem man gerne viel Zeit verbringt, dessen Gegenwart einen glücklich macht, und der sich ganz still und heimlich in sein Herz schleicht und sich dort häuslich einrichtet, bis man plötzlich merkt, dass er unverzichtbar geworden ist und man nicht mehr ohne ihn leben möchte.

Wenn du dir also noch nicht sicher bist, welchem deiner beiden Verehrer dein Herz gehört, gib der Sache vielleicht einfach noch ein wenig Zeit. Irgendwann wirst du merken, dass einer von beiden deine Gedanken beherrscht und du dir nicht mehr vorstellen kannst, ohne ihn zu leben. Und dann hast du den Richtigen gefunden.

Denk einfach daran, dass du nicht unter Zeitdruck stehst, das alles herauszufinden. Genieße den Weg dorthin. ;-)

Deine Brigitte Berg

Nachdem ich von meinem Ausflug mit David nach Hause gekommen war, hatte ich die Mail von DR. BB in meinem Posteingang gefunden. Sie sorgte nicht gerade für Klarheit, aber immerhin gab sie mir das Gefühl, mit meinem Problem nicht ganz allein zu sein. Es war also ganz normal, dass man sich nicht entscheiden konnte? Und ich würde nur ein bisschen warten müssen, bis sich alles von selbst klärte? Wie gut, dass ich mich ohnehin auf einen längeren Aufenthalt in Hamburg einstellen musste.

Das änderte nichts daran, dass Geduld nicht gerade meine Stärke war, aber zu wissen, dass Geduld mich überhaupt weiterbringen würde, war schon mal etwas wert. Zumindest ein bisschen.

Ich leitete die Mail an Jenny weiter, um mit ihr darüber zu reden.

SIEHST DU! DAS MEINTE ICH DAMIT, DASS DU'S SCHON MERKEN WIRST. SIE HAT'S NUR KOMPLIZIERTER AUSGEDRÜCKT.

Ich schickte ihr einen Smiley zurück, der die Zunge herausstreckte.

Kapitel 9

Am nächsten Morgen kam mir Anna schon im Gang entgegen. Sie bebte geradezu vor unterdrückter Aufregung. »Geht's dir wieder besser?«

Ich nickte. »Ich war nicht wirklich krank. Hatte nur … schlechte Neuigkeiten.«

Möglichst kurz erzählte ich ihr von meiner Mutter. Sie hörte aufmerksam zu und nickte ernst, obwohl sie die ganze Zeit hibbelig von einem Bein aufs andere trat und ganz offensichtlich wegen irgendetwas schier platzte.

»Was willst du mir erzählen?«, fragte ich schließlich mit einem Grinsen. Ja, die Sache mit meiner Mutter war immer noch unschön, aber so wie Anna aussah, hatte sie irgendwelche grandiosen Neuigkeiten. Die konnte ich im Moment eigentlich ganz gut gebrauchen.

»Ich will nicht …«, begann Anna vorsichtig. »Ich meine …«

»Jetzt rück schon damit raus.«

Anna zögerte noch einen Moment, dann breitete sich auf ihrem Gesicht ein Grinsen aus, das sie die ganze Zeit unterdrückt haben musste. »Christina hat vorsichtig positiv reagiert!«

Okay, das waren wirklich gute Neuigkeiten. Ich ließ mich von Annas Grinsen anstecken. »Das ist großartig! Hast du schon mit ihr geredet? Habt ihr ein Date?«

Anna lachte. »Nicht so schnell!« Dann wurde sie etwas ernster und drehte unruhig eine Haarsträhne um ihren Finger. »Ich weiß nicht, was ich sagen soll.«

»Na ja, du könntest sie fragen, ob sie mit dir ins Kino gehen möchte oder so.«

Anna leckte sich nervös die Lippen und nickte. »Okay … ja … das klingt gut. So theoretisch. Aber wie schaff ich's, ganze Sätze zu bilden, wenn ich vor ihr stehe?«

Ich musste lachen. »Sag mir Bescheid, wenn du das rausfindest.«

Wieder trat Anna von einem Bein aufs andere. »Ernsthaft, wie soll ich das machen?«

»Also, wenn's gar nicht anders geht, kannst du ihr immer einen Zettel schreiben, schätze ich.«

Anna verzog das Gesicht. »Wie in der Grundschule?«

»Na ja, du musst ja keine Kästchen mit Ja und Nein zum Ankreuzen druntersetzen.« Ich grinste. »Vergiss außerdem das Atmen zwischendurch nicht.«

Anna verdrehte die Augen. »Danke. Was würde ich nur ohne dich machen?«

In Bio beobachtete ich schließlich trotzdem, wie Anna etwas auf einen Zettel kritzelte, den sie Christina zuschob. Die las ihn, dann sah sie Anna an. Ich konnte förmlich sehen, wie es hinter ihrer Stirn ratterte, während Anna so tat, als wäre sie total fasziniert von dem, was Herr Geier über die Fortpflanzung von Schnecken erzählte.

Schließlich beugte sich Christina über den Zettel und kritzelte eine Antwort darauf. Ich hielt den Atem an.

Anna starrte ziemlich lange auf die Antwort, ohne dass ich mehr sehen konnte als ihren Hinterkopf. Doch schließlich wandte sie sich wieder halb Christina zu, ein Lächeln auf den Lippen. Ich lehnte mich zufrieden in meinem Stuhl zurück.

»Svenja«, riss mich Herr Geiers Stimme aus meinem Triumph, »da du so glücklich darüber zu sein scheinst, vielleicht möchtest du diese Frage beantworten.«

Natürlich. Wenn man sich bei Lehrern auf eines verlassen konnte, dann darauf, dass sie einem immer einen guten Moment ruinierten.

»Ähm …« Ein paar Reihen weiter vorn sah ich Ina schadenfroh zu mir nach hinten linsen. »Können Sie die Frage vielleicht noch mal wiederholen?«

Irgendjemand kicherte.

Am Ende der Stunde verließen Anna und Christina den Bioraum gemeinsam. Sie steckten noch für eine Weile die Köpfe zusammen, während ich in einiger Entfernung herumlungerte, um auf Anna zu warten.

Dabei nahm ich Ina erst wahr, als sie fast vor mir stand. »Sieht aus, als hätte selbst die Streberin eine bessere Freundin gefunden.«

Ich seufzte und wandte Ina meine ganze Aufmerksamkeit zu. »Hast du nicht irgendwas Besseres zu tun?«

Ina verzog das Gesicht. »Du hältst dich wohl für supercool, hm?«

»Lass sie in Ruhe.« Das war Annas Stimme. Sie kam zu uns herüber, während Christina sich mit einem schüchternen Winken von ihr verabschiedete.

»Oh«, spottete Ina. »Seid ihr doch noch Freunde?«

»Weißt du überhaupt, was das Wort bedeutet?«, gab Anna böse zurück. So kannte ich sie gar nicht. Sonst war sie doch immer etwas zurückhaltender. Aber der Erfolg bei Christina hatte ihrem Selbstbewusstsein wohl einen ordentlichen Schub gegeben.

Ina schnaubte. »Nur weil du zum ersten Mal überhaupt Freunde hast, solltest du dir darauf nicht direkt zu viel einbilden.«

Das traf offensichtlich. Ich sah, wie Anna die Lippen aufeinanderpresste und die Fäuste ballte.

Ich legte ihr eine Hand auf die Schulter. »Lass uns gehen.«

Nach einem Moment nickte Anna. Ohne Ina weiter Beachtung zu schenken, wandten wir uns zum Gehen.

»Christina wird schon bald merken, was für Verlierer ihr seid!«, rief Ina uns hinterher.

Anna zuckte merklich zusammen. Ina hatte das sicher nur auf eine möglicherweise entstehende Freundschaft bezogen, aber für Anna hatte es natürlich noch eine ganz andere Bedeutung. Ernsthaft, Ina hatte wirklich ein großartiges Talent darin, gute Dinge zu ruinieren.

Nach der letzten Stunde entdeckte ich auf dem Weg zur U-Bahn vor mir Oliver und Ina. Er hatte die Hände in den Hosentaschen vergraben, wirkte aber ausnahmsweise nicht vollkommen abweisend. Kurz lächelte er sogar über irgendetwas, das sie sagte. Glühend heiße Eifersucht drückte mir das Herz zusammen. Mist, Mist, Mist. Was war nur kaputt mit mir?

Dazu kam aber auch die Wut auf Ina, die niemandem mal ein bisschen Freude gönnte. Nun wirkte ausnahmsweise sie mal tatsächlich glücklich, wie sie redete und lachte, während sie neben Oliver herging. Und mir kam eine zugegebenermaßen verdammt blöde Idee. Wenn sie nicht zuließ, dass irgendjemand glücklich war, warum sollte sie dann glücklich sein?

Ich beschleunigte meine Schritte und holte die beiden schließlich fast auf der Höhe der Eisdiele ein.

»Hey, Oliver!« Diesmal ging es überhaupt nicht um Oliver. Es ging um Ina und darum, wie sie Anna am Vormittag behandelt hatte. Das machte es mit einem Mal total einfach, gerade Sätze herauszubringen. Ich erwiderte ihren düsteren Blick mit einem Grinsen und schenkte dann Oliver ein Lächeln.

»Ich glaube, ich schulde dir noch ein Dankeschön. Was dagegen, wenn ich dich diesmal zu einem Eis einlade?«

Diese Frage verschaffte mir das großartige Vergnügen, dabei zuzusehen, wie Inas Kinnlade hinunterfiel. Oliver dagegen zog eine Augenbraue in die Höhe und sah zwischen Ina und mir hin und her. Schließlich hob er die Schultern. »Gerne.«

Nur nicht zu begeistert. Doch dann wandte sich Oliver auch schon kurz Ina zu: »Bis morgen.« Damit setzte er sich in Richtung Eisdiele in Bewegung, und ich hatte wenig Zeit, meine Idee zu bereuen. Eilig folgte ich ihm. Als ich noch einmal über die Schulter zu Ina zurücksah, stand sie noch immer mit ungläubigem Gesichtsausdruck an derselben Stelle. Mit einem Mal sah sie irgendwie klein und verloren aus, und ich fühlte mich verdammt mies. Was hatte ich mir nur dabei gedacht?

»Du musst mich nicht jedes Mal retten«, sagte Oliver, als wir außer Hörweite waren. Das machte es nicht besser.

Ich seufzte und fuhr mir mit der Hand übers Gesicht. »Tut mir leid. Sie war heute richtig scheußlich zu Anna, und … Ich hab nicht nachgedacht …«

Das sorgte dafür, dass Oliver stehen blieb. Er legte den Kopf schief und sah mich forschend an. »Also willst du eigentlich gar nicht mit mir Eis essen? Du wolltest nur Ina eins auswischen?«

»Nein! Ich meine, doch, ich will dich tatsächlich auf ein Eis einladen. Ich …« Super, jetzt machte ich mich doch wieder lächerlich. Ich holte tief Luft. »Du willst doch auch nicht tatsächlich Zeit mit mir verbringen. Ich bin nur eine Entschuldigung, um von Ina wegzukommen.«

Mist. Oh, verdammter Mist! Das hatte ich nicht gerade laut gesagt, oder? Das konnte doch nicht wahr sein. Wie viel blöder konnte man sich noch anstellen?

Auf Olivers Gesicht sah ich zuerst Überraschung, dann Erschrecken. »Das ist, was du denkst?«

Jetzt da es schon raus war, konnte ich auch nicken.

Eilig schüttelte Oliver den Kopf. »Das ist nicht wahr. Ich verbringe echt gern Zeit mit dir. Es ist nur …« Er blickte dorthin zurück, wo Ina gestanden hatte, doch inzwischen war sie fort. »Sie macht jedem Mädchen das Leben schwer, das zu lange mit mir redet. Ich will nicht …«

»Dafür ist es ein bisschen spät, meinst du nicht?«

Verlegen kratzte sich Oliver am Kopf. »Hm … da könnte was dran sein.«

Für einen Moment standen wir nur da und schwiegen. Ich starrte auf meine Schuhe, und nur langsam sickerte zu mir durch, was Oliver gerade gesagt hatte. Verbrachte er wirklich gerne Zeit mit mir? Mit einem Mal klopfte mein Herz schneller. Er hatte wirklich gesagt, dass er gerne Zeit mit mir verbrachte, oder? Ich schaute auf und direkt in seine umwerfend grünen Augen.

Irgendetwas hatte ich sagen wollen, aber nun war es wieder weg.

Oliver setzte ein schiefes Lächeln auf. »Also … Eis?«

Ich nickte eilig.

Kapitel 10

Dass ich den Weg von der U-Bahn-Haltestelle zur Wohnung meines Vaters zurücklegte, ohne es richtig wahrzunehmen, wurde inzwischen irgendwie zur Gewohnheit. In meinem Kopf drehte sich noch immer alles. Oliver mochte mich wirklich. Ich war nicht einfach eine dankbare Alternative zu Ina. Er mochte mich!

Als ich die Tür zur Wohnung aufschloss, war ich so sehr in Gedanken versunken, dass Horst die Gelegenheit ergriff, einfach zwischen meinen Beinen nach draußen zu spazieren. Eilig rannte ich ihm die Treppe hinunter nach und erwischte ihn schließlich im Keller. Schnurrend ließ er sich von mir wieder nach oben tragen. »Wenn du einfach durch die Gegend getragen werden willst, kannst du das auch leichter haben«, erklärte ich ihm.

Er schnurrte nur lauter und drückte den Kopf gegen meine Schulter.

In der Wohnung erwartete mich mein Vater bereits mit einem breiten Grinsen. »Wo warst du denn mit deinen Gedanken? Er ist ja nicht mal gerannt.«

Ich hob die Schultern, murmelte etwas Unverständliches

und tat so, als müsste ich mich sehr darauf konzentrieren, Horst wieder abzusetzen.

»Ist es ein Junge?«, fragte er mit diesem Funkeln in den Augen, das mich ein bisschen an David erinnerte.

Ich hob ein zweites Mal die Schultern und schob mich an ihm vorbei in die Küche. »Es riecht ziemlich lecker. Hast du wieder gekocht?«

Mein Vater grinste. »Apfelpfannkuchen.«

Ich riss die Augen auf. »Mit Zimt und Zucker?«

»Natürlich. Erzähl's aber nicht deiner Mutter.«

Ich hob zwei Finger und legte die Hand aufs Herz.

»Also …«, fing er beim Essen wieder an. »Erzählst du mir von dem Jungen?«

Er war echt hartnäckig. »Woher willst du wissen, dass es überhaupt einen Jungen gibt?«

»Wenn es keinen gäbe, hättest du es direkt verneint.«

Verdammt, da hatte er recht. Aber ernsthaft, über so was redete man doch nicht mit seinem Vater.

»Komm schon«, drängte er, »ich möchte an deinem Leben teilhaben.«

An meinem Leben teilhaben, hm? Wenn das kein guter Ansatzpunkt war, um ihn meinerseits auszufragen. »Du kannst mir ja im Gegenzug was über dich erzählen.«

Nachdenklich wiegte mein Vater den Kopf hin und her, schließlich nickte er. »Was willst du wissen?«

Ha! Würde ich so das Geheimnis endlich lüften? »Was arbeitest du?«

Mein Vater verzog das Gesicht, als wäre er über diese Frage gar nicht glücklich. Ich hielt den Atem an. Würde er ausweichen oder lügen oder mir direkt sagen, dass es mich nichts anging? »Ich bin Journalist.«

Und darum hatte er so ein Geheimnis gemacht? Ich sah ihn aus zusammengekniffenen Augen an, während ich mir eine Gabel voll Apfelpfannkuchen in den Mund schob. Das war doch gelogen, oder? »Was schreibst du denn so?«

»Nichts Wichtiges«, wiegelte er ab. »Es ist eher ein bisschen peinlich. Und langweilig. Es gibt sicher irgendwas anderes, das ich dir erzählen oder tun kann, damit du mir zumindest einen Namen verrätst.«

Da war doch auf jeden Fall irgendwas, das er mir nicht verraten wollte, und das ärgerte mich. Missmutig wandte ich mich wieder meinem Essen zu. »Klar. Barfuß durchs All spazieren.«

Für einen Moment verzog er das Gesicht, doch dann änderte sich seine Miene, und er schien ernsthaft darüber nachzudenken. Wenn sich jetzt herausstellte, dass er Freunde bei der NASA hatte, war ich für immer überzeugt, dass er ein Geheimagent war.

»Okay«, sagte er nach einem Moment, »Herausforderung angenommen.«

Ernsthaft jetzt? Was zur Hölle hatte er nun wieder vor?

Ich fand es heraus, als er nach dem Essen verkündete, dass wir einen Ausflug machen würden.

»Zum Hauptquartier der NASA ist es aber mehr als ein kurzer Ausflug«, versuchte ich zu scherzen, immer noch ein bisschen verstimmt über seine Geheimniskrämerei.

Mein Vater lächelte. »Europa hat auch ein Raumfahrtprogramm. Komm.«

»Das ist nicht dein Ernst, oder?«, fragte ich, als wir die Wohnung verließen. Er grinste nur noch breiter und führte mich zur U-Bahn-Haltestelle.

»Ist das dein Ernst?«, fragte ich, nachdem wir Sitzplätze ergattert hatten.

»Hast du mich je einen Scherz machen hören?«

Ja, hatte ich. Aber wenn, dann wurde das hier ein recht aufwendiger Scherz.

Beim Stadtpark stiegen wir aus. Doch statt zum See gingen wir zu einem Turm, der wie anscheinend alles in dieser Stadt aus rotem Stein erbaut war. Ein paar Stufen führten rings um einen Brunnen zum Eingang hinauf.

»Was ist das?«, fragte ich.

»Das Planetarium«, erklärte mein Vater und deutete auf den großen Schriftzug, der an dem Gebäude prangte und genau das verkündete.

Ups, okay, das war wirklich nicht die intelligenteste Frage gewesen. »Das ist gemogelt!«, protestierte ich trotzdem.

»Sieh's dir an und entscheide selbst. Die Show ist ziemlich beeindruckend.«

Wenig später saßen wir in einem runden Raum unter der Kuppel des Planetariums, und was wir zu sehen bekamen, war tatsächlich ziemlich beeindruckend. Die ganze Kuppel war eine riesige Leinwand, auf die Sterne projiziert wurden. Es wirkte, als wäre man wirklich zu Fuß im All unterwegs.

Dass ich ja gar nicht »zu Fuß« gesagt hatte, ging mir erst auf, als mein Vater anfing seine Schuhe ausziehen.

»Was tust du da?«, zischte ich, während ein Mitarbeiter des Planetariums gerade irgendetwas zu den Sternbildern erzählte, die es auf der Kuppel zu sehen gab.

Mein Vater grinste in gebückter Haltung schräg zu mir hoch. »Du hast barfuß gesagt.«

»Das ist nicht dein Ernst!«

Irgendwo rechts von uns machte jemand »Psst!«. Dass ich mal wegen einer meiner Eltern angezischt werden würde, leise zu sein, hätte ich mir auch nicht träumen lassen.

Mein Vater schlüpfte aus seinem rechten Schuh, und natürlich war ein Loch in seiner Socke. Sein rechter Zeh lugte heraus. Ich wusste ja, dass Erwachsene und vor allem Eltern öfter mal peinlich waren, aber ich hatte noch nie erlebt, dass ein Erwachsener seine Fähigkeit zur Peinlichkeit absichtlich als Waffe verwendete, um zu bekommen, was er wollte. Das war echt nicht fair!

Als er sich daranmachte, den zweiten Schuh auch auszuziehen, gab ich nach. »Okay, okay! Ich erzähl's dir ja! Zieh bloß deine Schuhe wieder an!«

Mein Vater besaß die Frechheit, leise in sich hineinzukichern, während er seine Schuhe wieder zuband.

Immerhin konnten wir den Rest der Show dann in Ruhe bewundern. Ich musste zugeben, er hatte recht gehabt.

»Also«, sagte mein Vater schließlich beim Rausgehen. »Wie heißt der Junge?«

Ich grinste. Er war echt hartnäckig. »Oliver.«

Ich wusste nicht genau, warum ich Oliver sagte. Ja, er hatte den ganzen Tag über meine Gedanken beherrscht, aber David war derjenige, der mich getröstet hatte nach den schlechten Neuigkeiten wegen meiner Mutter. Ich fühlte mich ein wenig schlecht dabei, das einfach zu ignorieren.

»Aber ich bin mir noch nicht ganz sicher, ob ich wirklich in ihn verliebt bin«, fügte ich deshalb hinzu. Das hielt alle Möglichkeiten offen.

Mein Vater schmunzelte. »Also, aus meiner Sicht hast du heute Mittag ziemlich verliebt gewirkt.«

»Echt?«, fragte ich unsicher. Vielleicht hatte dieses Gespräch ja doch etwas Gutes.

Er nickte. »Warum bist du dir unsicher?«

Ich hob die Schultern. Von David wollte ich nicht auch noch erzählen.

»Hast du Angst?«

Wie kam er denn jetzt darauf. »Angst?«

»Na ja … davor, deine Gefühle zuzulassen.« Er gestikulierte ein bisschen unbestimmt. »Sich in jemanden zu verlieben, gibt demjenigen viel Macht. Er kann einen verletzen, einen verlassen …«

Ich schnaubte. Wenn ich gewusst hätte, dass er mir mit so einem Psychogerede kommen würde, hätte ich ihm nichts von Oliver erzählt. »Damit kennst du dich ja aus.«

Und da waren wir wieder. Ich schaffte es wohl echt nicht, das Thema ruhen zu lassen.

Mein Vater stockte nur kurz, bevor er langsam weiterging. »Das meine ich. Es tut mir so schrecklich leid, Svenja, aber du hast schon erfahren, wie es ist, verlassen zu werden. Nicht nur von mir, sondern auch von deiner Mutter, auch wenn sie nichts dafür konnte. Deshalb denke ich, du hast vielleicht Angst davor, dass es noch mal passiert. Du folgst nicht einfach deinen Gefühlen, du zögerst und stellst sie infrage, weil du Sicherheit möchtest. Nur dass man in solchen Dingen eben nie Sicherheit haben kann.«

»Super Ansprache, Dr. Freud.« Allerdings klang meine Stimme ein bisschen heiser, denn ich hatte plötzlich einen Klumpen im Hals. Das war blödsinnig. Komplett blödsinniges Erwachsenen-Psychogeschwafel. Ich hatte doch keine Angst. Aber warum fühlte ich mich dann so, als hätte er mich gerade in eine Ecke gedrängt?

Als würde mein Vater merken, dass mir das Thema unangenehm war, ließ er es fallen. »Geht er in deine Klasse?«, fragte er.

Ich nickte. »Und wir waren heute ein Eis essen.«

»Oho!« Ich war mir nicht sicher, ob er nur beeindruckt tat oder es tatsächlich war. »Dann seid ihr aber schon so gut wie in der Dating-Phase.«

»Na ja …«

»Eis essen ist ein Date. Lass dir nichts anderes erzählen.«

Aus irgendeinem Grund sorgte das dafür, dass die Schmetterlinge in meinem Bauch plötzlich heftig anfingen zu flattern.

Vielleicht hatte mein Vater recht, und ich machte mir etwas vor. Vielleicht hatte ich mich längst entschieden.

Kapitel 11

Am nächsten Tag senkte Oliver sein Buch, als ich mich dem Klassenraum näherte, und lächelte mir zu. Schlagartig fühlte ich mich, als würde ich schweben. Alles andere wurde unwichtig. Ich erwiderte das Lächeln und war mir sicher, dass der Tag gut werden würde.

Im nächsten Moment legte David den Arm um meine Schultern. »Svenja! Wie immer erhellst du den düsteren Morgen!«

Dann erst bemerkte er, dass ich leicht abgelenkt war. Er sah zwischen Oliver und mir hin und her. Schließlich zog er den Arm weg und trat einen Schritt zurück. »Also ist was an dem Gerede dran, hm?«

»Was für ein Gerede?«

»Dass ihr gestern ein Date hattet.«

Hatte Ina das irgendwem erzählt? Immerhin war sie, soweit ich wusste, die Einzige gewesen, die es mitbekommen hatte. Ich hob die Schultern. Eigentlich wollte ich mit David nicht darüber reden.

David allerdings hatte offensichtlich andere Pläne. »Der wird dir so das Herz brechen, ich sag's dir.«

War da etwa jemand eifersüchtig? Ich hatte auf jeden Fall keine Lust, mir schon wieder eine gute Sache verderben zu lassen. »Du meinst im Gegensatz zu dir, weil du so was ja nie machst?«

Okay, das war fies. Aber was hatte er erwartet? Dass ich sage: »Ach so, danke für den Hinweis, dann halte ich ab jetzt natürlich Abstand zu ihm.«

Trotzdem, als es für einen Moment so aussah, als hätte ich David mit der Bemerkung getroffen, fühlte ich mich mies. Ich öffnete den Mund, um mich zu entschuldigen, aber er war schneller: »Du meinst die Sache mit Larissa, oder? Ich kann nichts dafür! Sie ist einfach superschnell anhänglich geworden! Irgendwie werden Mädchen immer so schnell anhänglich.«

Ach, jetzt war das also die generelle Schuld von Mädchen? Das Bedürfnis, mich zu entschuldigen, verrauchte plötzlich ziemlich schnell. »Na ja … dann sei doch froh, dass ich das nicht tue.«

David schnaubte. »Du bist was anderes!« Er sagte das, als würde er mich nicht in die Kategorie Mädchen einordnen. Was war ich denn dann? Ein Einhorn oder was? Anscheinend merkte er, dass die Aussage irgendwie komisch gewesen war, denn im nächsten Moment fügte er hinzu: »Oliver ist nicht so brav und nett, wie du meinst.«

Ich runzelte die Stirn. »Was soll das denn heißen?«

David öffnete den Mund, als wollte er meine Frage tatsächlich ausführlich beantworten. Dann schüttelte er den

Kopf. »Frag ihn doch bei eurem nächsten Date.« Damit machte er kehrt und zog davon.

Ich sah ihm nach. Was zur Hölle war das denn grad gewesen? Als Herr Löffhardt schließlich auftauchte, um das Klassenzimmer aufzuschließen, war ich mir immer noch nicht sicher, wie es zu diesem Streit hatte kommen können und was er zu bedeuten hatte. War David echt eifersüchtig? Hatte ich gerade seine Gefühle verletzt? Sollte ich mich doch noch entschuldigen? Aber wofür?

Während Englisch starrte ich die meiste Zeit zu David, der wie immer an dem Tisch direkt vor dem Lehrerpult saß. Ich versuchte wütend auf ihn zu sein, weil er sich wie ein Idiot benommen hatte. Aber gleichzeitig hatte ich das Gefühl, irgendetwas falsch gemacht zu haben.

Schließlich holte ich mein Handy hervor und schrieb unter dem Tisch eine Mail an Brigitte Berg.

Von: amazing-svenja@freemail.de
An: frag-dr-bb@friends.de
Betreff: Notfall!

Liebe Brigitte Berg,

Notfall!

O. will tatsächlich etwas von mir, denke ich. Aber jetzt fühle ich mich schlecht wegen D. Er hat gemerkt, dass zwischen O. und mir etwas ist, und wir haben uns gestritten. Ich weiß auch nicht. Es tut mir so leid. Ich mag ihn. Freundschaftlich, meine ich. Denke ich auf jeden Fall. Und er hat mich getröstet, als es mir schlecht ging. Ich habe das Gefühl, dass ich ihm was schulde, aber gleichzeitig bin ich mir inzwischen ziemlich sicher, dass ich in O. verliebt bin.

Im Moment habe ich irgendwie das Gefühl, dass ich alles ruiniere, was ich anfasse. Was soll ich tun?

Grüße,
S.

Diesmal ließ Brigitte Bergs Antwort überhaupt nicht lange auf sich warten. Noch vor dem Ende der Stunde trudelte sie in meinem Postfach ein:

Von: frag-dr-bb@friends.de
An: amazing-svenja@freemail.de
Betreff: Re: Notfall!

Liebe S.,

erst einmal herzlichen Glückwunsch! Ich drücke dir und O. ganz fest die Daumen. Was D. angeht … Lass ihn. Wenn ihm etwas an dir als Person liegt, kriegt er sich wieder ein, und ihr könnt Freunde bleiben. Aber nur weil er nett zu dir war, schuldest du ihm gar nichts. Nett sein ist etwas, wofür niemand eine Gegenleistung erwarten sollte. Ansonsten ist es nicht mehr Nett sein, sondern einfach nur Berechnung, verstehst du? Wenn er dich nur getröstet hat, weil er sich davon später eine Gegenleistung erhofft hat, ist er ein Idiot und kann dir getrost gestohlen bleiben.

Deine Brigitte Berg

PS: Ich bin froh, dass das hier nicht auf der Website veröffentlicht wird, sonst müsste ich besser auf meine Wortwahl achten. ;-)

Ich presste mir die Hand auf den Mund, um nicht laut zu kichern. Gleichzeitig hatte ich das Gefühl, als würde mir eine Last von den Schultern fallen. Also hatte sich David wirklich wie ein Idiot benommen, und ich konnte getrost sauer auf ihn sein. Das änderte natürlich nichts daran, dass die ganze Sache mit dem Streit echt Mist war, aber immerhin hatte ich nichts falsch gemacht.

Und es erklärte auch nicht, was David nun eigentlich gemeint hatte. Oliver war nicht so nett und harmlos, wie ich dachte? Ernsthaft, was sollte das heißen?

Bevor ich noch länger darüber nachgrübeln konnte, klingelte es.

Während ich meine Sachen zusammenpackte, strömten die anderen bereits aus dem Raum. Auch Anna war vor mir fertig. Sie winkte mir kurz zu und eilte dann Christina hinterher.

Aber plötzlich entstand Aufruhr bei der Tür. Als ich von meinen Sachen aufsah, lag Christina am Boden. Der Inhalt ihrer Schultasche war rings um sie verstreut, und über ihr stand eine von Inas Freundinnen. Die mit den Locken.

Anna eilte sofort zu Christina und half ihr, die Hefte und Stifte wieder aufzusammeln. Ich packte mein Zeug und setzte mich ebenfalls in Bewegung, doch dann fiel mir Ina ins Auge. Sie stand an ihrem Tisch und starrte mit einem fiesen Grinsen zu mir herüber.

Mitten im Schritt hielt ich inne. Es sah fast so aus, als würde sie auf eine Reaktion von mir auf diese ganze Sache warten. Als ich wieder zu ihrer Freundin hinübersah, schaute die genauso in meine Richtung. Irgendwie unheimlich.

Aber was zur Hölle hatte das nun schon wieder zu bedeuten? Hatten sie gerade auf Christina herumgehackt, um mir eins auszuwischen? Was sollte das denn? Wollte Ina so verzweifelt verhindern, dass ich mehr Freunde fand, dass sie sofort Christina zur Zielscheibe ihrer Gemeinheiten machte, kaum dass es auch nur so aussah, als könnte sie sich mit Anna und mir anfreunden?

Je länger die beiden mich auf diese gruselige Art anstarrten, desto unsicherer wurde ich plötzlich, ob ich helfen sollte. Irgendwie schienen sie ja genau darauf zu warten. Und eigentlich hatte ich wenig Lust, genau das zu tun, was die beiden von mir wollten. Es kam mir vor, als würde ich damit nur in irgendeine Art Falle tappen.

Stattdessen tat ich so, als wäre mein Schnürsenkel offen,

und kniete mich hin, um ihn umständlich erst zu öffnen und dann wieder zuzubinden.

Nachdenklich kaute ich währenddessen auf meiner Unterlippe herum. Wenn es nur um mich gegangen wäre, hätte ich natürlich auf Ina und ihre Gemeinheiten gepfiffen. Aber es ging gar nicht, dass Ina Annas Glück ruinierte, nur weil sie unverhältnismäßig sauer auf mich war. Und je mehr ich mir anmerken ließ, dass es mir etwas ausmachte, dass sie Anna und Christina zur Zielscheibe machte, desto mehr würde sie es tun. Vielleicht war es also besser, wenn ich Abstand hielt und so tat, als ginge mir die ganze Sache am Arsch vorbei?

Und wie hatte mein Leben es eigentlich geschafft, innerhalb kürzester Zeit zu so einer verqueren Achterbahnfahrt zu werden?

Als ich mich wieder aufrichtete, waren Anna und Christina schon fort. Ina dagegen starrte mich einen Moment lang fast enttäuscht an. Dann rauschte sie davon.

Sah so aus, als hätte ich die richtige Entscheidung getroffen.

In der nächsten Stunde hatten wir Musik, wo ich allein an einem Tisch ganz hinten saß. Und in der Pause rannte ich in Richtung Toilette, anstatt mit Anna runter in den Hof zu gehen. Aber so ging das logischerweise nicht weiter. Ich konnte ihr schlecht die ganze Zeit aus dem Weg gehen, ohne ihr zu sagen, was Sache war. Gut, ich konnte schon, aber das war was, etwas normalerweise nur Leute in Filmen taten, wenn die Drehbuchschreiber der Meinung waren, dass es ansonsten noch nicht genug Drama gab.

Deshalb schloss ich mich in einer der Toilettenkabinen ein, lehnte mich gegen die Tür und machte mich daran, Anna eine WhatsApp-Nachricht zu schreiben:

ICH GLAUBE, INA HAT MEINETWEGEN CHRISTINA AUF DEN KIEKER GENOMMEN.

Im nächsten Moment kam ich mir schon wieder irgendwie blöd vor. Stimmte das überhaupt, oder wurde ich langsam paranoid? Aber Ina hatte mich direkt angeschaut. Es gab keinen Grund für sie, mich direkt anzuschauen, während eine ihrer Freundinnen auf Christina herumhackte, wenn sie nicht wollte, dass es mich irgendwie traf.

Außer ich drehte langsam komplett durch. Vielleicht war es einfach alles zu viel auf einmal, und die neue Schule, die Sache mit meiner Mutter und die Geheimniskrämerei meines Vaters sorgten dafür, dass ich Stück für Stück überschnappte.

Ich atmete tief durch und schickte der ersten Nachricht eine zweite hinterher:

IST NUR EINE THEORIE, ABER KÖNNEN WIR DIE MAL AUSTESTEN? LASS UNS EIN BISSCHEN ABSTAND HALTEN. MAL SEHEN, OB SIE DICH UND CHRISTINA DANN IN RUHE LÄSST ODER NICHT.

Das klang schon etwas vernünftiger. Es sprach nichts dagegen, eine Theorie auszutesten, oder?

Annas Antwort kam schnell: DU BIST MEINE FREUNDIN. ICH LASS DICH NICHT IM STICH.

Das sorgte dafür, dass ich plötzlich einen Klumpen in der Kehle hatte. Ich schluckte ihn hinunter und tippte: DU BIST DIE BESTE <3 ABER LASS ES UNS EINFACH MAL TESTEN, OKAY? WIR KÖNNEN UNS JA NACH DER SCHULE SEHEN. UND ICH WÜRDE MICH RICHTIG SCHLECHT FÜHLEN, WENN SIE MEINETWEGEN CHRISTINA VERGRAULT. IHR SEID ECHT SÜSS ZUSAMMEN. ;-)

Falls ich recht hatte, verschaffte die Sache mit dem Abstand Anna immerhin etwas Zeit, Christina besser kennenzulernen, ohne dass sie sich mit Ina herumschlagen mussten.

OKAY, antwortete Anna schließlich. NUR EIN TEST.

Ich schickte ihr einen Daumen nach oben. UND ERZÄHL MIR, WIE'S MIT CHRISTINA LÄUFT.

DARAUF KANNST DU DICH VERLASSEN.

Als ich die Toilette wieder verließ, war ich recht zufrieden damit, wie ich die Sache geregelt hatte. Erst als ich darüber nachdachte, mit wem ich denn nun eigentlich die Pause verbringen sollte, ging mir auf, dass ich fast so allein war wie an meinem ersten Tag. Von allen neuen Freunden, die ich gefunden hatte, blieb nur noch Oliver. Und ich wusste nicht mal so recht, wo der normalerweise seine Pause verbrachte.

Kapitel 12

Da ich niemanden hatte, mit dem ich reden konnte, zog sich der Rest des Schultags bis in gefühlte Ewigkeiten. Ab und zu schrieb mir Jenny Neuigkeiten aus meiner alten Schule, aber ich konnte kaum Interesse dafür aufbringen. All die Leute, von denen sie mir erzählte, befanden sich am anderen Ende von Deutschland und hatten im Moment nicht den geringsten Einfluss auf das Chaos, das mein Leben war.

Ein paarmal überlegte ich, ob ich einfach zu Oliver rübergehen und mit ihm reden sollte. Aber jedes Mal, wenn ich ihn sah, hatte er die Nase in seinem Buch vergraben. Seit dem Lächeln heute Morgen schien er mich wieder kaum zur Kenntnis zu nehmen. Wollte er einfach nicht, dass Ina schon wieder einen Grund zum Durchdrehen bekam, oder hatte ich mir auf gestern doch zu viel eingebildet? Mit jeder Stunde wurde ich unsicherer.

Nach der Schule stapfte ich mit gesenktem Kopf aus dem Schulgebäude. Ich überquerte gerade den Parkplatz, als eine laute Frauenstimme zu mir herüberwehte: »Oh, sieh an, die Madame bequemt sich her.«

»Sorry, Mama. Frau Eckart hat überzogen.«

Die deutlich leisere Stimme gehörte eindeutig Ina. Abrupt blieb ich stehen und spähte in die Richtung, aus der beide Stimmen kamen. Eine Frau in einem schicken Blazer stieg gerade in einen silberfarbenen BMW. Auf der anderen Seite kletterte Ina auf den Beifahrersitz. Nun waren die Stimmen gedämpfter, aber die der Frau konnte ich immer noch verstehen: »Du darfst dir das nicht bieten lassen. Eine Schulstunde hat nicht ohne Grund feste Anfangs- und Endzeiten. Jetzt kommen wir zu spät. Und sieh dir nur deine Frisur an …«

Dann schlug die Autotür zu, und ich sah dem davonbrausenden BMW nach. Oh wow, immerhin war ich nicht die Einzige, die einen schlechten Tag hatte. Allerdings konnte ich kaum Schadenfreude empfinden. Wenn sich Inas Mutter immer so benahm, wunderte mich, was ihre Tochter anging, plötzlich gar nichts mehr.

Mit in den Taschen vergrabenen Händen stiefelte ich zur U-Bahn. Als ich mich gerade auf meinen Sitz fallen ließ, kam eine Nachricht von Anna: CHRISTINA HAT KURZ MEINE HAND GEHALTEN!!! BIN TOT, ABER GLÜCKLICH!

Ich schickte ihr mehrere nach oben gereckte Daumen und eine Ladung an Grinsesmileys. Irgendjemand ließ sich währenddessen in den Sitz mir gegenüber fallen, aber ich nahm ihn kaum wahr.

»Gute Neuigkeiten?«

Die Stimme sorgte dafür, dass mein Herz einen Satz machte. Als ich aufschaute, blickte ich direkt in Olivers grüne Augen.

»Oliver!«, rief ich unnötigerweise. Aber das war immer noch besser, als wieder herumzustottern. »Ich dachte … fährst du nicht immer in die andere Richtung?« Nicht dass ich darauf geachtet hätte. Ich doch nicht.

Er lächelte. »Ja, aber ich hab dich zu spät eingeholt auf dem Weg zur Haltestelle, also bin ich einfach mit eingestiegen.«

Er war meinetwegen in die falsche U-Bahn gestiegen? Ich öffnete den Mund, um irgendetwas zu sagen, aber kein Ton kam heraus. Nach einem Moment räusperte ich mich. »Das ist …« Was? Nett? Das klang irgendwie lächerlich. Ich setzte neu an. »Dann muss es ja was echt Wichtiges sein, worüber du mit mir reden willst.«

Wieder dieses Lächeln. Verdammt, dieses Lächeln sollte für illegal erklärt werden. »Ich wollte eigentlich nur fragen, ob du gleich nach Hause musst oder noch Zeit hast.«

Wahrscheinlich grinste ich gerade wie blöd. Es gab doch noch Dinge, die einen miesen Tag noch herumreißen konnten. »Ich hab noch Zeit.«

»Super! Lust auf eine Schifffahrt?«

Wir stiegen um und irgendwo mitten in der Stadt aus. Ich hatte keine Ahnung, wo wir waren, aber Oliver führte mich zielsicher von der Haltestelle zu einem Anlegesteg. »Das ist die Alster und nicht die Elbe,« erklärte er. »Hier fahren weniger hässliche Frachter und mehr Dampfschiffe.«

Tatsächlich hatte das kleine Schiff, das an dem Steg lag, einen Schornstein, aus dem Dampf quoll. Oliver bezahlte für uns beide den Eintritt, dann kletterten wir in die Kabine, in der sich Sitzbänke reihten. Er ließ mir den Platz am Fenster, und ich kam mir ein bisschen so vor, als müsste ich jeden Moment aus einem Traum aufwachen und feststellen, dass Horst schon wieder ein Loch in meinen Kissenbezug gekrallt hatte.

Wir hatten uns kaum gesetzt, als auch schon ein Ruck durch das Schiff ging und es vom Steg ablegte.

Die Fahrt ging durch die hübscheren Gegenden von Hamburg mit baumbestandenen Ufern und unzähligen weißen Villen. Einige der schicken Häuser schienen direkten Zugang zum Wasser zu haben, und hier und dort sah ich Leute baden.

Hin und wieder flitzten kleinere Boote an dem Dampfer vorbei. Einige mit Segeln, ich sah aber auch ein langes Ruderboot, in dem sicher acht Leute auf Bänken saßen und sich im Gleichtakt so sehr in die Riemen legten, dass das Boot förmlich über das Wasser schoss.

Ein Fremdenführer erzählte etwas darüber, was es zu sehen gab, aber ich hörte ihm kaum zu. Ich war viel zu sehr damit beschäftigt, wechselweise die Aussicht zu genießen und Oliver anzustarren, weil ich noch immer nicht fassen konnte, dass ich mit ihm eine Bootsfahrt unternahm. Eine romantische Bootsfahrt, denn schließlich bog das Schiff in einen kleineren Kanal ein. Hier ragten die Bäume so weit über das Wasser hinaus, dass ihre Äste sich in der Mitte fast berührten. Sonnenflecken und Laub tanzten auf dem Wasser, während wir durch einen grünen Tunnel fuhren.

»Du hast meine Frage vorhin nicht beantwortet«, sagte Oliver nach einer Weile.

»Hm?« Ich hatte natürlich komplett vergessen, was er eigentlich gefragt hatte.

»Ob du gute Neuigkeiten bekommen hast.«

»Oh … ja … Anna hat geschrieben, dass es mit Christina gut läuft.«

Oliver lachte. »Na, das haben wir dann ja gut hinbekommen. Hast du dich deshalb heute von ihr ferngehalten? Damit sie mit Christina allein sein kann?«

Ihm war aufgefallen, dass ich nicht mit Anna herumhing? Ich war davon ausgegangen, dass er in der Schule meistens kaum bemerkte, was jenseits seines Buchs passierte.

»Na ja … ich will auch irgendwie nicht, dass Ina die beiden für eine gute Zielscheibe hält.«

Ein bisschen schuldbewusst verzog Oliver das Gesicht. Eilig hob ich eine Hand. »Wenn du dich dafür entschuldigst, werf ich dich ins Wasser.«

Er lachte. »Okay, okay … dann tut's mir nicht leid. Du hast aber auf dem Heimweg vorhin ziemlich unglücklich ausgesehen.« Aus großen, besorgten Augen sah er mich an, und in meinem ganzen Körper breitete sich ein warmes

Kribbeln aus. »Ist halb so schlimm«, behauptete ich. »Irgendwie hat dann bloß plötzlich gar keiner mehr mit mir geredet, nachdem David heute Morgen auch komisch war.«

Fragend legte Oliver den Kopf schief.

Ich winkte ab. »Er hat Blödsinn über dich behauptet.«

Nun trat ein neugieriges Funkeln in Olivers Augen. »Was hat er denn gesagt?«

»Hat angedeutet, du hättest Dreck am Stecken oder so.« Ich hob die Schultern.

Mit einem Mal wurde Olivers Miene sehr ernst. »Oh.«

Das war nicht die Reaktion, mit der ich gerechnet hatte. »Wie, oh?«

Oliver lehnte sich auf der Bank zurück und holte tief Luft. »Ich schätze, ich weiß, was er meint.«

Das klang gar nicht gut. Warum hatte eigentlich jeder in letzter Zeit irgendwelche komischen Geheimnisse.

»Was?«, fragte ich halb im Scherz. »Hast du jemanden umgebracht oder so?«

Oliver zog eine Augenbraue in die Höhe. »Das ist das Erste, was dir einfällt?«

Ich hob die Schultern. »Na ja, was kannst du schon getan haben, das so schlimm ist, dass David versucht mich zu warnen? Ich meine, wir reden hier von ›Ich breche reihenweise den Mädchen das Herz, veranstalte heimlich Partys im Stadtpark, versorge Leute, die noch nicht sechzehn sind, mit Alkohol und klaue meinem Bruder sein Motorrad‹-David.«

Kurz zuckten Olivers Mundwinkel. »Guter Punkt.« Dann wurde er wieder vollkommen ernst. Er holte noch einmal tief Luft. »Du solltest das wahrscheinlich wissen.«

Nun war ich aber wirklich gespannt. Geduldig wartete ich, bis Oliver weitersprach. Es dauerte eine Weile, dann gab er sich einen Ruck. »Ich war letztes Jahr mit einem Mädchen zusammen, Katharina. Sie ist inzwischen auf einer anderen Schule.«

So weit, so gut. Noch sah ich das Problem nicht. Fragend legte ich den Kopf schief.

»Sie war ein bisschen … Sie hatte diese Krankheit, wo man immer mal zwischen superaufgedreht und todunglücklich hin und her schwankt. Aber sie hat Medikamente bekommen, und die meiste Zeit hat man's nicht gemerkt.«

Oh, das versprach größeres Drama. Ich verbiss mir aber jede Zwischenfrage und hörte einfach weiter zu.

»Na ja, und ich war ein bisschen blöd. Okay, mehr als nur ein bisschen blöd. Da war ein anderes Mädchen, und wir haben rumgeknutscht, und …«

Oh, jetzt war mir klar, wo das hinlief. »Katharina hat's gesehen?«, fragte ich.

Oliver nickte. »Und sie hatte einen richtigen Zusammenbruch danach. Deshalb haben alle es mitbekommen, und sie hat dann die Schule gewechselt.«

Kein Wunder, dass Oliver meistens für sich blieb. Wenn die ganze Klasse wusste, dass ein Mädchen die Schule gewechselt hatte, weil er fremdgegangen war, dann war das

Herumhängen mit anderen Schülern wahrscheinlich nicht gerade einfach.

Ich kaute auf meiner Unterlippe herum. Was sollte ich mit der Information jetzt anfangen? War es irgendwie wahrscheinlich, dass er noch mal fremdging, wenn er es einmal getan hatte? Ich hatte doch keine Ahnung, wie so was normalerweise funktionierte und warum Leute es taten.

Als hätte Oliver meine Gedanken erraten, sagte er: »Ich weiß, dass ich da richtig großen Mist gebaut habe, und ich bereue es total. Aber deshalb versuche ich normalerweise Abstand zu Mädchen zu halten. Also, deswegen und wegen Ina. Ich meine, ich glaube nicht, dass ich noch mal so blöd wäre, aber ich hab ja vorher nicht gedacht, dass ich so was je tun würde.«

Einen Moment lang versuchte ich zu verarbeiten, was ich gerade gehört hatte. Dann sah ich zwischen ihm und dem bewaldeten Ufer hin und her. »Ähm … wie passt ›Abstand zu Mädchen halten‹ dazu, dass du mich gerade auf eine Bootsfahrt eingeladen hast?«

Wenn er jetzt genau wie David behauptete, ich sei ja etwas anderes, dann würde ich schreien.

Oliver rieb sich verlegen den Nacken. »Irgendwie versage ich bei dir total. Ich … ich hab's heute Vormittag versucht, aber dann hast du auf dem Heimweg so traurig ausgesehen, und …«

Er unterbrach sich und hob die Schultern.

Mir wurde mit einem Mal ganz warm ums Herz. Er hatte

gedacht, ich sei traurig, und hatte mich aufmuntern wollen. Wahrscheinlich starrte ich ihn eine ganze Weile mit einem total bescheuerten Grinsen im Gesicht an, denn er wurde immer verlegener.

»Sorry«, sagte er schließlich. »Ich hätte es dir wahrscheinlich früher erzählen sollen.«

Ich bemühte mich, das Grinsen zumindest teilweise aus meinem Gesicht zu bekommen. »Na ja, das ist nicht gerade was, worüber man nebenbei bei einem Eis redet.«

Oliver schnaubte belustigt. »Stimmt. Aber, falls du jetzt ... na ja ...«

Ich musste an das denken, was mein Vater nach dem Planetariumsbesuch gesagt hatte. Dass ich Angst vor dem Verlassenwerden hätte. Dass ich meine Gefühle nicht zulassen würde, weil ich Sicherheit haben wollte, wo es keine Sicherheit gab. Von wegen! Ich würde ihm zeigen, wie blödsinnig sein Psychogeschwätz war.

Ich schüttelte den Kopf, bevor Oliver weitersprechen konnte. Egal, was früher passiert war, um nichts in der Welt hätte ich nicht mit ihm in diesem Boot sitzen wollen.

Über die Bank schob ich meine Hand vorsichtig in seine Richtung, bis meine Finger seine streiften. Kurz sah er nach unten, dann blickte er mit einem Lächeln wieder zu mir hoch. Langsam schob er seine Hand über meine. Für den Rest der Bootsfahrt ließ er sie nicht mehr los.

Von: amazing-svenja@freemail.de
An: frag-dr-bb@friends.de
Betreff: Gute Nachrichten!

Liebe BB,

ich hatte heute ein Date!!! Es war spontan und total romantisch, und O. und ich haben uns über einige Dinge ausgesprochen. Ich verstehe jetzt viel besser, warum er getan hat, was er getan hat. Und ich bin so glücklich, dass ich mich einfach noch mal bei dir melden musste! Danke für die guten Ratschläge.

S.

Von: frag-dr-bb@friends.de
An: amazing-svenja@freemail.de
Betreff: Re: Gute Nachrichten!

Liebe S.,

es freut mich, dass du mir noch mal geschrieben hast! Herzlichen Glückwunsch dazu, wie es mit O. läuft. Und ich denke auch, dass du die richtige Entscheidung getroffen hast. Wenn man Angst davor hat, dass einem das Herz gebrochen wird, sollte man sich gar nicht erst verlieben. Wer andere Menschen an sich heranlässt, geht immer das Risiko ein, dass sie einen verletzen. Aber nur wenn man andere Menschen an sich heranlässt, hat man auch die Chance, echtes Glück zu erfahren.

Ich wünsche euch beiden alles Gute!

Deine Brigitte Berg

Mit einem Lächeln las ich Brigitte Bergs Mail, die ein paar Tage später in meinen Posteingang flatterte, während ich auf dem Weg zur Schule war. Ich hatte nicht erwartet, noch eine Antwort auf meine letzte Mail zu bekommen, umso mehr freute ich mich jetzt.

Ich las die Mail noch einmal, drückte sie dann weg und surfte noch ein bisschen über die *Friends*-Website. Es gab ein neues Interview mit meiner Lieblingsband. Sofort kopierte ich den Link und schickte ihn an Jenny, nur für den Fall, dass sie es noch nicht gesehen hatte.

HAB ICH AUCH GRAD GELESEN, kam kurze Zeit später von ihr. HAST DU DAS FOTO VON JAY GESEHEN? Hinter dem Satz folgten mehrere Smileys mit Herzchenaugen.

Ich grinste. Jay war der Drummer der Band, und Jenny stand total auf ihn. Aus meiner Sicht war er zwar ganz süß, aber es kam eh kein Junge an Oliver ran.

Bevor ich Jenny antworten konnte, hielt die U-Bahn an der Haltestelle vor der Schule, und ich beeilte mich, auszusteigen.

Als ich etwas später das Klassenzimmer erreichte, hatte

sich dicht neben der Tür eine kleine Schülertraube gebildet. Ich runzelte die Stirn und ging näher. Anna stand etwas abseits. Da ich Ina nirgendwo entdecken konnte, schob ich mich näher an sie heran. »Was ist denn hier los?«

Anna hob die Schultern. »Ina gibt an.«

Oh, deshalb sah ich sie nirgends. Ich stellte mich auf die Zehenspitzen, um über die Köpfe der anderen zu spähen, und tatsächlich, da war sie, hielt Hof wie eine Königin.

»Es war ganz einfach«, sagte sie gerade. »Ich habe bloß eine Bewerbung hingeschrieben, und sie waren sofort total begeistert von mir.«

»Hat sie einen Ferienjob in einer Pommesbude bekommen oder was?«, fragte ich.

»Praktikum bei *Friends*«, erklärte Anna.

»Was?« Ich hatte mich sicher verhört. Ina machte kein Praktikum in der Redaktion meiner Lieblingswebsite.

»Das ist eine verantwortungsvolle Aufgabe, die nehmen nicht jeden«, erklang Inas Stimme aus der Menge der versammelten Schüler. »Man muss kompetent sein, wenn man Interviews führt. Und manchmal schicken sie einen auch auf Konzerte, damit man einen Bericht darüber schreibt.«

Okay, das klang allerdings echt danach.

»Sie waren außerdem total begeistert von meinen Ideen für die Make-up-Seite.«

»Das kann doch nicht wahr sein.«

Anna hob noch mal die Schultern. »Ich fürchte schon. Ihr Vater kennt anscheinend den Chefredakteur oder so.«

Okay, zumindest war das, was Ina da gerade alles erzählte, nicht komplett wahr. Aber das änderte nichts daran, dass sie einen meiner wenigen Rückzugsorte mit ihrer Präsenz beschmuddelte. Wenn ich mich mies fühlte, weil mal wieder kaum jemand in der Schule mit mir reden wollte, wollte ich nicht beim Surfen auf *Friends* über Inas Namen unter irgendeinem Artikel stolpern. Verdammter Mist.

Außerdem war ich neidisch. Glühend neidisch, weil Ina die Gelegenheit bekam, in den Sommerferien so etwas Cooles zu tun, und ich noch nicht mal daran gedacht hatte, dass diese Möglichkeit überhaupt bestand.

Neid ist Ärger darüber, dass du es selbst nicht besser machen konntest, sagte meine Mutter immer. Hatte sie gesagt, als sie noch komplette Sätze hatte formen können. Und ja, ich ärgerte mich ziemlich darüber, dass ich auf diese Idee nicht gekommen war und dass mein Vater keine Kontakte zur Redaktion von *Friends* hatte. Und wahrscheinlich war das eine ziemlich kindische Reaktion. Aber das zu wissen, hieß nicht, dass ich es abstellen konnte.

»Hey, wer ist denn heute gestorben?«

Beim Klang dieser Stimme allerdings verrauchte der Ärger sofort. Ich drehte mich zu Oliver um und lächelte breit. »Noch niemand.«

Oliver erwiderte das Lächeln. »Oh. Sag Bescheid, falls du ein Alibi brauchst.«

Neben mir lachte Anna. »Ich glaube, ich lasse euch zwei Turteltäubchen dann mal allein.« Sie wich einen Schritt zurück und grinste. »Und falls mich einer fragt, sage ich, ich habe von nichts gewusst.«

Damit waren Oliver und ich plötzlich so allein, wie man es auf dem Flur einer Schule kurz vor der ersten Stunde eben sein kann. Er lächelte nun etwas schüchterner. »Wie geht's?«

»Gut …« Das war nicht gerade eine Antwort, die ein Gespräch voranbrachte, aber etwas Besseres fiel mir gerade nicht ein.

»Magst du vielleicht in der Pause abhängen? Ich meine, außer du hast jetzt doch beschlossen, wieder mehr mit Anna …«

Ich schüttelte den Kopf. »Gerne.« Dann ging mir auf, dass diese Antwort irgendwie widersprüchliche Signale sendete. »Ich meine, Anna und ich halten immer noch vorsichtshalber Abstand, und ich würde gerne mit dir in der Pause Zeit verbringen.«

Er lächelte, doch dann ging sein Blick an mir vorbei zu etwas hinter mir, und er wurde sofort ernster. Als ich mich umdrehte, sah ich, dass die Menge sich aufgelöst hatte. Und Ina starrte böse zu uns herüber.

Ich wandte mich wieder Oliver zu. »Ich würde sehr gerne mit dir in der Pause Zeit verbringen.«

Das holte das Lächeln zurück auf sein Gesicht. Und ich bemühte mich, meines auch beizubehalten, als ich sah, wie David uns ebenfalls missmutig anstarrte.

Ein paar Wochen vergingen. Die Sommerferien rückten näher. Die Leute in der Schule gingen mir immer offensichtlicher aus dem Weg, je mehr Zeit ich mit Oliver verbrachte, aber wen kümmerten schon die Leute in der Schule? Nach dem Unterricht streiften Oliver und ich durch den Stadtpark, machten eine Radtour an der Elbe und gingen Pizza essen. Oliver war einer von den Leuten, mit denen man schweigen konnte. Ich mochte es, seine Hand zu halten, während wir einfach irgendwo saßen und die Sonne auf uns herabscheinen ließen. Es war perfekt.

Zwei Tage vor den Sommerferien bekam ich abends eine WhatsApp-Nachricht von Oliver: HAST DU ZEIT, UM IN DEN STADTPARK ZU KOMMEN?

Wenn er so fragte, hatte ich natürlich Zeit. Ich schrieb zurück: GIB MIR EINE HALBE STUNDE.

Als von ihm ein KEIN STRESS zurückkam, hatte ich bereits meine Schuhe an.

»Svenja, wo gehst du hin?«, ertönte die Stimme meines Vaters aus dem Wohnzimmer.

»Stadtpark!«

»Okay. Bleib aber nicht zu lange weg, du hast morgen Schule.«

»Geht klar!«

Das war eines der besten Dinge daran, bei meinem Vater zu leben. Ich konnte kommen und gehen, wie ich wollte. Er wollte nur wissen, wo ich hinging und mit wem, und er stellte immer sicher, dass ich mein Handy dabeihatte, damit ich ihn im Notfall anrufen konnte. Nicht dass ich je mein Handy vergessen hätte.

Ich rannte zur Haltestelle, sprang in die U-Bahn und war sogar in weniger als einer halben Stunde da. Oliver wartete schon auf mich. Er strahlte mich an, nahm meine Hand und zog mich weiter.

»Was haben wir vor?«, fragte ich.

»Lass dich überraschen.«

Mein Herz klopfte schneller. Das klang vielversprechend.

Wir näherten uns dem See, allerdings von der anderen Seite als auf der, wo die Party gewesen war. Eine kleine Menschenmenge hatte sich hier am Ufer versammelt. Wir stellten uns ein wenig abseits hin.

»Was …?«, begann ich.

Oliver hob einen Finger und grinste. »Wart's ab.«

Ich grummelte ein wenig, aber gleichzeitig war da ein glückliches, aufgeregtes Kribbeln in meinem Bauch. Natürlich war ich ungeduldig. Aber es hätte kaum aufregender sein können, auf diese Art überrascht zu werden.

Da setzte die Musik ein.

Es war klassische Musik, nicht ganz mein Ding, aber im nächsten Moment wurde das unwichtig. Vor uns auf dem Wasser schossen die ersten Strahlen in die Höhe. Scheinwerfer leuchteten sie in verschiedenen Farben an.

Jetzt verstand ich, warum man es Wasserlicht*konzert* nannte. Das letzte Mal hatten wir es nur aus der Ferne gesehen, und die Musik war in den Geräuschen der Party untergegangen. Dieses Mal waren wir mittendrin. Während immer mehr bunte Wasserstrahlen in die Höhe schossen, legte Oliver den Arm um mich. Mein Herz schlug einen neuen, glücklichen Rhythmus an, während ich mich gegen ihn lehnte. So blieben wir lange stehen.

Als das Konzert sich langsam seinem Höhepunkt näherte, fühlte ich, wie Oliver sich neben mir regte. Er wandte sich mir ganz zu, und instinktiv tat ich dasselbe. Mir stockte der Atem.

Sein Gesicht befand sich dicht vor meinem. Unsere Nasen berührten sich fast, ich konnte seinen Atem auf meiner Haut spüren. Mein Herz klopfte wie verrückt. Das passierte nicht wirklich. Passierte das wirklich? Es kam mir wie ein Traum vor. Ich blickte in Olivers grüne Augen und sah darin eine Frage. Zur Antwort lehnte ich mich ein bisschen vor und kam mir dabei unglaublich mutig vor. Wenn er nicht gleich tat, was ich dachte, dass er tun wollte, würde es allerdings ziemlich peinlich werden.

So oder so würde es vielleicht peinlich werden. Ich hatte noch nie einen Jungen geküsst.

Im nächsten Augenblick kam Oliver mir entgegen, und unsere Lippen berührten sich.

Es war wie eine dieser zufälligen Berührungen, die kleine Schocks durch meinen Arm gejagt hatten, nur dass der Schock diesmal durch meinen ganzen Körper ging. Automatisch suchte ich irgendwo Halt, und meine Hände landeten auf Olivers Schultern. Ich hatte keine Ahnung, was ich tat, aber für meinen Geschmack war es viel zu schnell vorbei. Als Oliver sich wieder von mir löste, kribbelten meine Lippen noch immer.

Für eine Weile sahen wir einander einfach nur in die Augen. Das Wasserlichtkonzert war nur noch eine Explosion von Farben am Rande meines Sichtfelds. Ich lächelte, und Oliver erwiderte das Lächeln.

Kapitel 13

Ich schwebte auf Wolke sieben, als ich schließlich nach Hause kam. Doch an Schlafen war nicht zu denken. Nachts wälzte ich mich in meinem Bett herum, weil ich die ganze Zeit noch an den Kuss denken musste. Wieder und wieder ließ ich vor meinem inneren Auge ablaufen, was geschehen war. Das Knistern, das durch meinen ganzen Körper gezogen war. Die Art, wie Oliver mich danach angelächelt hatte. Ich hatte das Gefühl, vor lauter Energie und Glück schier zu platzen.

Ich schrieb Jenny eine Nachricht darüber, was geschehen war, und bekam eine ganze Horde an rosa Herzchen, nach oben gereckten Daumen und Feuerwerk-Emojis zurück. Nachdem Jenny sich beruhigt hatte, schmerzten meine Wangen vom vielen Grinsen.

Zum ersten Mal seit Langem freute ich mich, am nächsten Tag wieder in die Schule zu gehen. Das bedeutete immerhin, dass ich Oliver bald wiedersah. Dabei fiel mir allerdings auch ein, dass ich gar nicht wusste, wie ich mich morgen verhalten sollte. Ich konnte ihm schlecht öffentlich um den Hals fallen, wenn ich nicht wollte, dass Ina sich wieder irgendeine Gemeinheit einfallen ließ.

VERHALT DICH HALT EINFACH WIE IMMER, schlug Jenny vor, nachdem ich ihr meine Überlegungen geschildert hatte. IHR KÖNNT DANN JA NACH DER SCHULE HÄNDCHEN HALTEN ODER WAS AUCH IMMER. ABER IM MOMENT KANNST DU RUMSTÄNKEREI VON DER DUMMEN KUH DOCH ECHT NICHT GEBRAUCHEN.

Da hatte sie natürlich recht. Auch wenn ich so oder so nicht vorhatte, mir mein Glück von Ina verderben zu lassen.

Dieser Vorsatz hielt ziemlich genau bis zum nächsten Morgen.

In Bio saß ich schweigend neben David wie meistens in der letzten Zeit. Er ignorierte mich nicht komplett, aber er wechselte meistens nur wenige Worte mit mir. Genau wie jetzt, wo er mir kurz zunickte und sich dann mit seinem Sitznachbarn auf der anderen Seite unterhielt. Kalt und distanziert. Es tat irgendwie weh. Vor allem weil ich nicht verstand, warum er sich immer noch so benahm. Hatte er sich echt nur mit mir abgegeben, weil er dachte, er könnte was mit mir anfangen?

Aber es nützte nichts, darüber nachzugrübeln. Ich lenkte mich wechselweise damit ab, dass ich tagträumte und zu Oliver hinüberstarrte.

Als Ina die Schultern hängen ließ und sich leicht zu Oliver hinüberbeugte, verdrehte ich die Augen. Was versuchte sie jetzt schon wieder?

Was auch immer sie sagte, es sorgte dafür, dass Oliver sich ihr seinerseits zuwandte und leise etwas erwiderte. Und das war seltsam. Es wurde noch seltsamer, als er ihr eine Hand auf die Schulter legte. Sie lächelte schwach. Er erwiderte das Lächeln. Mein Magen krampfte sich zusammen.

Ich atmete tief durch. Die Art, wie Ina die Schultern hängen ließ, wirkte irgendwie niedergeschlagen. Vielleicht versuchte er sie einfach zu trösten. Oliver hatte immerhin ein großes Herz. Deshalb mochte ich ihn. Und er hatte selbst gesagt, dass ihm Ina manchmal leidtat. Es gab keinen Grund dafür, dass ich mich plötzlich so einsam und verlassen fühlte wie an meinem ersten Schultag hier. Überhaupt keinen.

Als die Stunde endete, stieß David mich an. »Hey … ähm … Svenja?«

Überrascht drehte ich mich zu ihm um. »Ja?«

»Morgen ist wieder 'ne Party. Start in die Sommerferien und so. Magst du kommen?«

Oh wow, war das so was wie ein Friedensangebot? Das nahm ich gerne an. Ich lächelte. »Gern.«

Das Funkeln in seinen Augen hatte ich echt vermisst. »Super!« Dann wurde sein Gesichtsausdruck ein bisschen missmutig. »Wenn's sein muss, bring Loverboy mit.«

Ich lachte. »Ich frag ihn, ob er Lust hat.«

Oliver war nirgends zu sehen, als ich den Raum verließ. In der nächsten Stunde fehlte er in Mathe, genauso wie Ina.

Mir wurde ein bisschen übel, obwohl natürlich sicher alles in Ordnung war. Vielleicht ging es Ina nicht gut, und er hatte ihr helfen müssen?

Andererseits ... vielleicht war beiden was passiert? Frau Eckart schien nicht mal zu bemerken, dass sie fehlten. Normalerweise waren unaufmerksame Lehrer ein Segen, aber gerade wünschte ich mir wirklich, sie würde nur einfach mal das Klassenbuch checken und fragen, wo Oliver und Ina waren. Vielleicht wusste irgendjemand ja irgendwas.

In der Pause war immer noch keine Spur von beiden zu sehen. Während wir unsere Sachen zusammenpackten, legte Anna mir eine Hand auf die Schulter. »Alles okay?«

»Ich hab ehrlich keine Ahnung.«

»Antwortet er nicht auf WhatsApp?«

Oh ja ... natürlich, warum war ich eigentlich so blöd? Eilig zog ich mein Handy hervor und schrieb Oliver eine Nachricht: ALLES OKAY?

Während ich zusammen mit Anna und Christina auf dem Schulhof herumhing – immerhin war Ina ja nicht in der Nähe –, kam die Antwort: JA. SORRY. WIR SEHEN UNS NACH SPORT.

Das war nicht sonderlich aussagekräftig, aber immerhin ging es ihm offensichtlich gut. Das sorgte nur leider nicht dafür, dass ich mich großartig besser fühlte.

Anna versuchte mich aufzumuntern, während Christina größtenteils stumm danebenstand und beiläufig immer wieder ihre Finger mit Annas verschränkte. Die beiden waren ja echt süß zusammen, aber gerade war ich viel zu abgelenkt, um das richtig zu würdigen.

Sport hatten wir immer getrennt von den Jungs. In der Umkleidekabine trödelte ich so lange herum, wie es ging, weil ich darauf wartete, dass Ina auftauchte. Als ich schließlich komplett umgezogen war und in die Halle trottete, war sie nirgendwo zu sehen. Bedeutete das, dass sie immer noch mit Oliver zusammenhing? Oder war sie aus irgendeinem Grund nach Hause gegangen und Oliver längst im Sportunterricht der Jungs? Ich schüttelte den Kopf und versuchte nicht darüber nachzudenken. Es war alles gut. Nach Sport würde Oliver mir erklären, was passiert war, und ich würde mir blöd vorkommen, weil ich mir solche Sorgen gemacht hatte.

Auf dem Weg von den Umkleidekabinen in die Halle sah ich mich trotzdem noch mindestens dreimal um, weil ich dachte, ich hätte Schritte hinter mir gehört und es könnte Ina sein. Während wir in der Halle Runden laufen mussten, um uns aufzuwärmen, spähte ich immer wieder Richtung Tür.

Erst als bereits Mannschaften gewählt wurden, schlüpfte Ina herein. Mit einer gemurmelten Entschuldigung setzte sie sich zu den anderen.

Ich musterte sie aus zusammengekniffenen Augen. Sie sah aus wie immer. Das Haar hatte sie zu einem Pferdeschwanz zurückgebunden, und irgendwie schaffte sie es, dass keine einzige Strähne nach vorn herausfiel, wie es mir immer passierte. Ihr Make-up sah auch perfekt aus, und sie wirkte nicht mehr sonderlich niedergeschlagen. Im Gegenteil, als sie mich ansah, lächelte sie selbstzufrieden. Eilig schaute ich weg, mein Magen war ein noch festerer Klumpen als vorher.

Hatte Oliver ihr irgendwas gesagt? Dass es ihm mit mir doch nicht so wirklich ernst war oder so was?

Der Sportunterricht zog sich bis in gefühlte Ewigkeiten. Ich war sowieso nie sonderlich gut in Basketball, aber heute stellte ich einen Rekord in schlechtem Spiel auf. Am Ende starrten mich die meisten meiner Mannschaftskameraden böse an, und ich war froh, in die Umkleidekabinen verschwinden zu können.

In Gedanken versunken brauchte ich viel länger zum Umziehen als sonst. Als ich schließlich meine Tasche packte, war außer mir nur noch Ina in der Kabine. Anna und Christina waren bereits tuschelnd und kichernd den Gang hinab verschwunden. Ernsthaft, es war ein Wunder, dass noch niemand gemerkt hatte, dass sie zusammen waren. Aber anscheinend konnten Mädchen sich praktisch öffentlich anschmachten, ohne dass irgendjemand auch nur auf die Idee kam, dass sie mehr als nur Freunde waren.

Ina lehnte bei der Tür. Als ich mich an ihr vorbeidrücken wollte, packte sie mich am Arm.

Ich spannte mich an und rechnete mit irgendwas Fiesem. Hatte Ina jetzt endgültig die Schnauze voll und wollte mir das Gesicht zerkratzen oder so was?

»Ich denk mal nicht, dass er's geschafft hat, dir von seinem kleinen Ausrutscher zu erzählen, hm?«, sagte sie stattdessen.

Daher wehte also der Wind. Mich beim Rest der Klasse schlecht machen hatte nichts gebracht. Jetzt wollte sie versuchen, mir Oliver madig zu machen? Und das, nachdem er heute nett zu ihr gewesen war?

»Wenn du die Sache mit Katharina meinst, davon hat er mir erzählt.«

»Ach?« Immerhin ließ Ina endlich meinen Arm los. Instinktiv zog ich ihn dichter an meinen Körper heran. »Hat er dir auch erzählt, mit wem er da rumgemacht hat?«

Ich öffnete den Mund, um etwas zu erwidern, dann erst ging mir auf, dass Oliver das tatsächlich nicht erwähnt hatte. Ich war einfach davon ausgegangen, dass es jemand gewesen war, den ich ohnehin nicht kannte. Daher zuckte ich mit den Schultern.

Ina grinste. »Dachte ich mir.«

Die Art, wie sie grinste, machte mich echt aggressiv. Unwillkürlich ballte ich die Hände zu Fäusten. Aber dann dachte ich daran, wie verloren sie gewirkt hatte, als ich Oliver auf ein Eis eingeladen und sie plötzlich allein dagestanden hatte. Und daran, wie ihre Mutter sie auf dem Parkplatz zusammengestaucht hatte. Ich dachte daran, wie niedergeschlagen sie heute Morgen ausgesehen hatte. Niedergeschlagen genug, dass Oliver sich genötigt gefühlt hatte, sie zu trösten – denn ich war fest entschlossen, von nichts anderem auszugehen, solange ich es nicht besser wusste.

Wenn Oliver es schaffte, nett zu ihr zu sein, nachdem sie ihn ja ständig nervte, konnte ich das auch, oder?

Ich atmete einmal tief durch. »Was soll das?«, fragte ich dann deutlich ruhiger, als ich es ursprünglich vorgehabt hatte. »Es gibt doch bestimmt genug Jungs, die was von dir wollen. Kannst du Oliver und mich nicht einfach in Ruhe lassen?«

Meine Mutter wäre wahrscheinlich stolz auf mich gewesen. Es war zwar nicht ganz »Du, ich finde es nicht in Ordnung, was du da tust«, aber es kam doch recht nah dran. Mist. Der Gedanke sorgte dafür, dass ich es fast bereute, Ina nicht angegiftet zu haben.

»Ernsthaft«, fügte ich hinzu, um etwas weniger das Gefühl zu haben, mich in eine jüngere Version meiner Mutter zu verwandeln, »warum hängst du so sehr an ihm, wenn er dich doch nur die ganze Zeit abblitzen lässt?«

Wut blitzte in Inas Augen auf. Hatte ich da etwa einen Nerv getroffen? »Ach ja?«, giftete sie. »Tut er das? Dann rate mal, mit wem er bei der Sache mit Katharina rumgemacht hat ...«

Für einen Moment starrte ich sie einfach nur an.

Das konnte nicht sein, oder? Oliver hatte »zufälligerweise« vergessen zu erwähnen, dass Ina diejenige war, mit der er fremdgeknutscht hatte? Plötzlich wurde mir übel. Er hatte mit ihr gerade eine Schulstunde geschwänzt. Das konnte nicht sein, oder? Erst vor ein paar Wochen hatte er mir erzählt, wie sehr er seinen Ausrutscher bereut hatte. Und dann der Kuss beim Wasserlichtkonzert – so was machte man doch nicht, wenn man es nicht wirklich ernst meinte, oder? Andererseits schien er es mit Katharina ja zuerst auch ernst gemeint zu haben. Und meine Mutter hatte es mit meinem Vater ernst genug gemeint, dass sie mit ihm ein Kind bekommen hatte, bevor ihr aufgegangen war, dass es aus Gründen nicht funktionierte, die ich immer noch nicht wirklich kannte.

Ina stieß ein Lachen aus, das alles andere als freundlich klang. »Oh, hat's dir die Sprache verschlagen? Das tut mir aber leid.« Sie wandte sich ab und stieß die Tür zur Umkleide auf. »Bis gleich in Deutsch.«

Damit war sie fort.

Ich folgte ihr langsamer nach draußen. Nun war mir richtig übel. Konnte das alles wahr sein? Es bestand immer noch die Möglichkeit, dass Ina komplett log, oder? Aber dann würde sich die ganze Sache ja einfach klären lassen. Ich konnte zu Oliver gehen und ihn fragen, mit wem er damals eigentlich fremdgegangen war. Und wenn er geradeheraus eine plausible Antwort gab, dann würde ich ihm sofort glauben. Ich sah nicht ein, mir etwas Schönes von einer intriganten Zicke wie Ina verderben zu lassen. Sie wollte doch, dass ich zweifelte und mich fragte, ob ich Oliver überhaupt noch vertrauen konnte. Sie wollte, dass ich davon ausging, dass sie und Oliver Mathe geschwänzt hatten, um rumzuknutschen. Aber den Gefallen würde ich ihr nicht tun. Wir würden ein vernünftiges Gespräch führen, und dann würden wir darüber lachen, wie armselig Inas Versuche waren, uns auseinanderzubringen.

Es würde alles gut werden. Das zumindest hielt ich mir immer und immer wieder vor Augen in der Hoffnung, dass ich es irgendwann selbst glauben würde.

Kapitel 14

Ich fand ihn noch in der Pause bei den Blumenkübeln am Rand des Schulhofs. Er hatte die Nase mal wieder in einem Buch vergraben.

Schnurstracks marschierte ich auf ihn zu. Mein Magen war ein einziger fester Klumpen, und ich wollte diese Sache hinter mich bringen. Es würde alles gut werden. Er hatte mir nichts verschwiegen. Ina war eine elende, intrigante Lügnerin, die es einfach nicht ausstehen konnte, wenn irgendjemand glücklicher war als sie.

Als ich vor Oliver stehen blieb, ließ er das Buch sinken und lächelte. Dann bemerkte er meine düstere Miene, und das Lächeln verschwand. »Alles in Ordnung?«

»Ich weiß nicht. Hast du irgendwann mal Ina geküsst?«

Wenn ich jetzt noch darum herumreden musste, würde ich wahrscheinlich schreien. Besser schnell und schmerzlos. Kaum waren die Worte heraus, hielt ich den Atem an.

Olivers Miene wurde mit einem Mal sehr ernst, und er klappte das Buch zu. Nein! Das war die falsche Reaktion! Er hätte ungläubig gucken und dann lachen sollen. Irgendetwas in der Art. Das hier war ganz eindeutig nicht die Reaktion, die dafür sorgte, dass der Klumpen in meinem Magen sich auflöste.

»Hat sie dir das erzählt?«

Meine Kehle war wie zugeschnürt, deshalb nickte ich nur.

Oliver presste die Lippen aufeinander. Seine Hände verkrampften sich um sein Buch. »Ich hätte dir das sagen sollen.«

»Das sagst du irgendwie öfter.«

»Es tut mir leid.«

Davon wurde es auch nicht besser ... Ich holte tief Luft. »Also war sie das Mädchen, mit dem du rumgemacht hast während dieser Sache mit deiner früheren Freundin?« Es war ein bisschen wie an einem Pickel herumzupulen. Es würde die Sache nicht besser machen, und man wusste ganz genau, dass am Ende ein hässliches Loch zurückbleiben würde, aber man konnte es einfach nicht lassen.

Wieder nickte Oliver.

»Und heute während Mathe? Als ihr die Stunde geschwänzt habt?«

Oliver Augen wurden groß. »Was hat sie gesagt, was während Mathe passiert ist?«

Genau genommen hatte Ina gar nichts darüber gesagt. Sie hatte es einfach nur so klingen lassen, als wäre etwas passiert. »Nicht viel«, sagte ich deshalb. Nun war mir wirklich übel. Jetzt konnte eigentlich nur irgendeine Lüge kommen, oder?

Oliver holte tief Luft und zerzauste sich mit der freien

Hand das Haar, als müsste er darüber nachdenken, was er sagen wollte. Kein guter Anfang.

»Sie hatte Ärger zu Hause«, sagte er schließlich. »Ihre Eltern sind ziemliche Arschlöcher.«

Ich erinnerte mich an Inas Mutter. »Und weiter?«

»Ich hab versucht sie aufzumuntern.«

»Du hast mal eben so Mathe geschwänzt, um jemanden aufzumuntern, der dir die meiste Zeit auf die Nerven geht und den Rest der Zeit fies zu so ziemlich jedem ist?«

Oliver hob die Schultern. »Denkst du, sie hat's nicht verdient, dass jemand nett zu ihr ist?«

»Wenn sie gleich darauf zu mir kommt und irgendeinen Blödsinn erzählt, von dem ich nicht sagen kann, ob er stimmt oder nicht, dann hat sie's nicht verdient, nein.« Ich meine, ich verstand die Idee ja, dass selbst fiese Leute ein bisschen Menschlichkeit verdient hatten und das ganze Zeug. Aber wenn Ina sich direkt danach umdrehte und eben genau diese Sache dazu verwendete, um mir wehzutun, dann war das so ziemlich das Mieseste, was man tun konnte.

Außerdem, es gab doch einen Unterschied zwischen einfach nett zu jemandem sein und mal eben Mathe mit demjenigen schwänzen. Man brauchte keine ganze Stunde, um ein paar tröstende Worte zu sagen. Ich hasste es, das zuzugeben, aber Inas Plan ging voll auf. Zweifel nagten an mir. Was von dem, was Oliver sagte, stimmte und was nicht? Was verschwieg er mir noch? Woher sollte ich das wissen?

»Es tut mir leid«, sagte Oliver. »Ich dachte echt nicht, dass sie das tun würde. Bitte glaub mir, ich habe wirklich einfach nur …« Er unterbrach sich und seufzte. »Oh, ich bin so blöd.«

Da wollte ich gar nicht widersprechen.

»Bitte glaub mir«, wiederholte er.

Es klang wirklich, als meinte er es ernst. Aber irgendwie passte das alles nicht so richtig zusammen. Verschwieg er mir noch irgendetwas? Warum musste eigentlich jeder irgendwelche blödsinnigen Geheimnisse vor mir haben?

Ich machte einen Schritt zurück. »Ich hab keine Ahnung, was ich noch glauben soll.«

Mit betroffener Miene streckte Oliver eine Hand nach mir aus. »Svenja …«

»Ich muss eine Weile nachdenken.« Das war wahrscheinlich der klischeehafteste Satz, den ich je von mir gegeben hatte. Direkt aus irgendeinem Film. Aber im Moment konnte mir das kaum egaler sein. Ich drehte mich um und rannte über den Schulhof davon. Die nächste Stunde verpasste ich, weil ich mich auf dem Klo einschloss und heulte.

Anna fand mich schließlich in der Fünf-Minuten-Pause zwischen der fünften und der sechsten Stunde.

»Komm schon«, drang ihre Stimme durch die Tür. »Du kannst nicht ewig da drin sitzen.«

Ich schniefte und kramte in meiner Tasche nach einem

Taschentuch. »Kann ich nicht?« Okay, ja, ich stellte mich echt armselig an, aber die Vorstellung, jetzt gerade im selben Klassenzimmer wie Oliver zu sitzen, war unerträglich.

»Ich hab Herrn Löffelhart erzählt, dass du einen Anruf vom Krankenhaus bekommen hast wegen deiner Mutter, aber spätestens, wenn sie die Zeugnisse verteilen, fällt auf, dass du immer noch nicht wieder da bist.«

Anna hatte für mich gelogen? Gerührt schniefte ich noch einmal.

Und dass es heute Zeugnisse gab, hatte ich tatsächlich vergessen. Ich bekam eh kein richtiges, weil ich den Großteil des Schuljahres noch in Heilbronn verbracht und dort schon eine Art vorgezogenes Zeugnis bekommen hatte. Aber irgendwas würde man mir hier wohl auch in die Hand drücken.

»Mach die Tür auf, Svenja!«

Okay, gut, es wurde wahrscheinlich tatsächlich Zeit, dass ich aufhörte, mich anzustellen und mich ein bisschen zusammenriss. Es gab sicher auch bessere Orte als die Schultoilette, an denen man sich selbst leidtun konnte. Deshalb öffnete ich die Tür der Kabine. Dort stand Anna und lächelte. Sie zog mich aus dem kleinen Verschlag und nahm mich in den Arm.

Ich vergrub das Gesicht an ihrer Schulter. »Warum müssen Jungs so kompliziert sein?«

Anna tätschelte mir den Rücken. »Frag mich nicht.«

»Ernsthaft, ich werde einfach auch lesbisch.«

Anna lachte. »Als einzige mir bekannte Lesbe der Schule ernenne ich dich hiermit zur Lesbe ehrenhalber.«

Nun musste ich ebenfalls lachen, aber dann ging mir auf, dass an der Aussage etwas nicht stimmte. »Moment …« Ich löste mich von Anna, um sie anzusehen. »Was ist mit Christina?«

»Die ist bi.«

Ich blinzelte irritiert. »Was?«

Natürlich wusste ich rein theoretisch, dass es bisexuelle Menschen gab. Aber ich hatte nicht damit gerechnet, je einem zu begegnen. Die Chancen standen doch sicher noch viel geringer als die dafür, dass meine beste Freundin sich als lesbisch herausgestellt hatte.

»Es gibt Leute, die sowohl auf Jungs als auch auf Mädchen stehen«, erklärte Anna geduldig.

»Weiß ich doch. Ich meine nur, das ist schon ein ziemlicher Zufall.«

Anna hob die Schultern. »Gar nicht mal so sehr. Anscheinend sind mehr Leute bi, als man meint. Habe letztens einen Artikel darüber gelesen. Man bemerkt sie halt nicht so sehr. Wenn Christina mit einem Jungen zusammengekommen wäre, wär's ja niemandem aufgefallen, weißt du?«

Da war wohl etwas dran. Und es war irgendwie sehr abstrus, darüber nachzudenken, während ich mit verheultem Gesicht auf der Schultoilette stand. Allerdings beneidete ich Christina echt nicht. Ich hatte ja schon Schwierigkeiten gehabt, mich zwischen zwei Jungs zu entscheiden. Wie musste das erst sein, wenn man doppelt so viel Auswahl hatte?

Na ja, gut, sie hatte sich wohl für Anna entschieden, wie es aussah.

Anna zog mich in Richtung der Waschbecken. »Komm, lass uns mal sehen, ob wir dich so hinbekommen, dass niemand merkt, dass du geweint hast. Ich hab ein bisschen Make-up in der Tasche.«

Ich war noch nie dankbarer für eine Freundin gewesen.

Von: amazing-svenja@freemail.de
An: frag-dr-bb@friends.de
Betreff: Katastrophe

Liebe Brigitte Berg,

warum hat eigentlich jeder irgendwelche Geheimnisse vor mir? Ist es so schwer, mir einfach mal die ganze Wahrheit zu erzählen?

Und ich glaube, das war vielleicht ein schlechter Anfang. Ich weiß auch nicht, ob du mir da irgendwie helfen kannst, aber du warst so nett zu mir in letzter Zeit. Vielleicht hast du ja irgendwelche klugen Worte dazu.

Also … O. hat offensichtlich komplett vergessen zu erwähnen, dass er mit dem schrecklichsten Mädchen der ganzen Schule fremdgegangen ist. Das war, bevor wir zusammen waren, aber er hat so eine große Show daraus gemacht, mir zu gestehen, dass er früher mal Mist gebaut hat, und dann erzählt er mir nur die Hälfte. Weißt du, was ich meine?

Und dann hat er heute mit ihr eine Stunde geschwänzt, und er sagt, er hat sie einfach trösten wollen, weil ihre Eltern Idioten sind, aber wie soll ich ihm jetzt noch irgendwas glauben?

Und er ist nicht der Einzige. Mein Vater macht schon die ganze Zeit ein riesiges Geheimnis aus allem. Seine Vergangenheit, sein Job, einfach alles. Er findet immer irgendwelche Ausflüchte, wenn es darum geht, darüber zu reden, warum er und meine Mutter sich überhaupt getrennt haben.

Ich will doch nur, dass die Leute, die mir wichtig sind, ehrlich zu mir sind. Aber irgendwie scheint das nicht zu funktionieren.

Deine S.

Ich heulte schon wieder, während ich die Nachricht tippte. Bevor ich groß darüber nachdenken konnte, drückte ich den »Senden«-Button. Im nächsten Moment bereute ich es allerdings schon. Verdammt, jetzt hielt mich wahrscheinlich selbst Brigitte Berg für armselig.

Nach der Schule war ich in düsterer Stimmung nach Hause getrottet und hatte mich nach einem sehr einsilbigen Gespräch mit meinem Vater in mein Zimmer verkrochen. Für eine Weile hatte ich mich bei Jenny ausgeheult, während Horst es sich schnurrend auf meinem Schoß gemütlich gemacht hatte. Schließlich war ich auf Youtube ziellos von

Video zu Video gesurft. Inzwischen war es Abend, und ich fühlte mich ausgelaugt und hatte Kopfweh vom ganzen Weinen. Alles in allem war es ein unglaublich beschissener Tag gewesen.

Wie es jetzt weitergehen sollte, wusste ich dagegen immer noch nicht. Oliver glauben oder Oliver nicht glauben? Er hatte mir eine WhatsApp-Nachricht geschickt, die zu lesen ich mich bisher geweigert hatte. Nun tippte ich doch darauf:

MELDE DICH, WENN DU FERTIG NACHGEDACHT HAST, OKAY?

Verdammt, musste er die Sache so schwer machen? Wenn er sich durchgängig wie ein Idiot verhalten würde, dann hätte ich wütend auf ihn sein und die Sache abhaken können. Aber er musste sich verständnisvoll geben.

Ich kraulte Horst die zerfledderten Ohren, und er drückte seinen Kopf in meine Hand. »Denkst du, ich soll ihm zurückschreiben?«

Wahrscheinlich sollte ich das. Ihn einfach hängen zu lassen, wäre irgendwie fies. Andererseits hatte er ja das Gleiche mit mir gemacht, als er plötzlich einfach mit Ina verschwunden war.

»Vielleicht warten wir damit noch ein bisschen, hm?«

Horst drehte den Kopf, damit ich ein bisschen unterhalb des rechten Ohrs weiterkraulte.

»Recht hast du«, sagte ich. »Jetzt konzentrieren wir uns besser erst mal auf die wichtigen Dinge.«

Es klingelte an der Tür. Wahrscheinlich irgendjemand, der was von meinem Vater wollte. Horst spitzte kurz die Ohren, aber als ich einfach sitzen blieb, kuschelte er sich nach einem Moment wieder gemütlicher auf meinem Schoß ein.

Kurz darauf klopfte mein Vater gegen den Rahmen der Tür, die ich so weit ins Schloss geschoben hatte, wie es eben ging. »Ist für dich.«

Ich runzelte die Stirn. Anna hätte sich bestimmt vorher angekündigt. Außerdem hatte die doch heute Abend Schwimmtraining. Oder Klavierunterricht. Oder was auch immer. Ich hatte es aufgegeben, bei ihrem vollgestopften Terminplan durchblicken zu wollen.

Und wer konnte es sonst sein? Oliver?

Klammheimlich hoffte ich ein wenig darauf und wurde im nächsten Augenblick sauer auf mich selbst. Das würde kaum etwas daran ändern, dass ich nicht wusste, ob ich ihm glauben sollte oder nicht.

Vorsichtig platzierte ich Horst auf meinem Kopfkissen und stand auf. Ich rieb noch einmal an meinen Augen herum, aber es würde sich wohl kaum verbergen lassen, dass ich geheult hatte. Sei's drum. Langsam tappte ich zur Tür, und mein Vater zog sich ins Wohnzimmer zurück, als ich in den Flur trat.

Auf dem Treppenabsatz stand David. Einen Moment lang

blinzelte ich ihn irritiert an. »Äh …« Fast hätte ich »Was machst du denn hier?« gefragt, aber das wäre vielleicht etwas zu ruppig rübergekommen. »Hallo …«, sagte ich stattdessen einfach nur.

Er lächelte etwas verlegen. »Du wolltest doch zur Party kommen.«

Oh, ja. Heute war die Party. Allerdings war Party so ziemlich das Letzte, wonach mir momentan der Sinn stand. Außerdem, war es dafür nicht noch ein bisschen früh?

»Du hast nicht gesagt, dass du mich wieder abholst.«

»Stimmt.« Er hob die Schultern. »Das ist auch mehr so spontan entstanden. Außerdem hatte ich eh vergessen, dir zu sagen, dass wir uns diesmal nicht im Stadtpark treffen, sondern am Elbstrand.«

Na, immerhin bedeutete das, dass ich nicht über alles andere vergessen hatte, ihm abzusagen. Also, hatte ich natürlich schon, aber es war noch nicht zu spät, das nachzuholen. »Ich geh nicht«, sagte ich. Auch wenn Elbstrand irgendwie cool klang, hatte ich heute wirklich keine Lust. »Ich …«

Ein Räuspern hinter mir unterbrach mich. Mein Vater war aus dem Wohnzimmer getreten und bückte sich gerade nach Horst, der bereits dazu ansetzte, zwischen meinen Beinen hindurchzuschlüpfen. Mit dem Kater auf dem Arm richtete er sich wieder auf. »Wie wär's, wenn ihr diese Diskussion drinnen weiterführt?«

»Ich hatte eigentlich gar nicht vor, eine …«, begann ich.

»Gerne«, sagte David gleichzeitig mit einem strahlenden Lächeln. Warum musste er gerade jetzt anfangen, nett zu Erwachsenen zu sein? Ich wollte doch einfach nur meine Ruhe haben, um mir noch ein bisschen mehr selbst leidzutun. Doch jetzt sahen mich beide erwartungsvoll an, und ich trat einen Schritt zurück, um David reinzulassen.

»Musst du nicht gleich weiter zur Party?«, fragte ich.

»Nee, die fängt erst in anderthalb Stunden an.«

Hatte ich's doch gewusst, dass es irgendwie zu früh war.

Mein Vater ließ Horst zu Boden springen und verzog sich mit den Worten »Sagt Bescheid, wenn ihr was essen wollt.« ins Wohnzimmer. David schaute ihm kurz nach. »Scheint echt ein recht cooler Typ zu sein, dein Dad.«

Ich gab einen Laut von mir, der alles bedeuten konnte, und machte eine einladende Geste in Richtung meiner Zimmertür. Im Flur rumstehen wollte ich immerhin auch nicht.

Uneingeladen machte David es sich auf dem Schreibtischstuhl gemütlich, und ich setzte mich aufs Bett. »Hör mal«, fing ich an, »das ist ja nett und alles, aber du hast wochenlang kaum ein Wort mit mir geredet, und kaum hab ich Streit mit Oliver, stehst du plötzlich vor der Tür.«

Okay, ja, er hatte mich schon vor dem Streit mit Oliver auf seine Party eingeladen. Aber von einem Abholservice war da nicht die Rede gewesen. Hatte Dr. BB vielleicht recht, und er war immer nur freundlich, wenn er sich etwas davon versprach? Meinte er, jetzt wo es zwischen mir und Oliver ja nicht so gut aussah, konnte er es noch mal versuchen?

Betreten rieb sich David den Nacken und wich meinem Blick aus. »Ich … ähm … Ich war ziemlich blöd.«

»Nee, echt?« Ich hatte heute schon viel zu viel geheult, um jetzt noch nett zu sein.

David lachte und hob die Hände in einer Geste, als wollte er sagen, das habe er verdient. Dann wurde er plötzlich ungewöhnlich ernst. »Ich weiß nicht, warum ich so sauer war. Es ist nur irgendwie immer so. Typen wie Oliver dürfen so viele Fehler machen, wie sie wollen. Nur ich krieg meine immer vorgehalten. Egal was ich mache …« Er verstellte die Stimme, bis er ein wenig so klang wie Herr Geier. »›David, was hast du jetzt schon wieder angestellt?‹ Manchmal muss ich ja nicht mal was machen, alle gehen einfach schon aus Prinzip davon aus, dass ich irgendwas angestellt habe.«

»Na ja …«, sagte ich vorsichtig. »Du stellst halt auch relativ viel an.«

David schnaubte. »Wenn's eh keinen Unterschied macht, kann ich ja auch Spaß haben, oder?«

Unwillkürlich musste ich lachen. »Und was hat das jetzt mit Oliver zu tun?«

David zuckte mit den Schultern, aber dann murmelte er: »Ich mochte Katharina.«

Ich beugte mich ein bisschen vor. Aus dem Augenwinkel sah ich, wie Horst die Tür mit dem Kopf aufschob und sich durch den Spalt zwängte. Vorsichtig ging er auf David zu und machte den Hals lang, um an seinen Schuhen zu schnüffeln.

»Du mochtest Katharina?«

David nickte und streckte die Hand aus, um sie Horst hinzuhalten. »War eine gute Freundin. Wenigstens bis es ihr ein paar Monate lang richtig dreckig ging und sie dann auf eine andere Schule gegangen ist. Rate mal, wer daran schuld war.«

»Oliver hat's mir erzählt«, sagte ich leise.

»Nachdem ich dich drauf gestoßen hab, hm?«

Das ließ sich nicht leugnen. Ich nickte. »Okay«, sagte ich schließlich, »du bist also sauer auf Oliver. Aber warum hast du dann nicht mehr mit mir geredet?«

Für einen Moment antwortete David nicht. Stattdessen beobachtete er fasziniert, wie Horst seine Hand anköpfelte und dann an seinen Beinen entlangstrich. »Dafür, dass er schon mal einen Mixer von innen gesehen hat, ist der aber echt zutraulich.«

Ich verdrehte die Augen. Konnten wir vielleicht mal beim Thema bleiben? »Das war kein Mixer, das waren Kämpfe mit anderen Katzen, sagt mein Vater.«

»Wow, echt? Na, dann hoff ich, die anderen sehen jetzt noch übler aus.«

»David …«

Er seufzte und richtete sich wieder auf. »Ist das wirklich so schwer zu verstehen?«, fragte er schließlich. »Oliver hat richtigen Mist gebaut mit Katharina. Aber klar, er ist irgendwie geheimnisvoll und liest gerne Bücher oder was auch immer das ist, worauf ihr Mädels so abfahrt. Also ist das alles vergeben und vergessen, und stattdessen wird mir ein Vorwurf daraus gemacht, dass Larissa mehr von mir wollte als ich von ihr. Ich hab ihr nicht erzählt, dass ich in sie verliebt bin oder so was. Wir haben einmal rumgeknutscht, und das war's! Genauso mit den zwei, drei anderen, von denen du vielleicht gehört hast.«

Das hatte ich bisher nicht, jetzt aber wohl schon.

Und das ... ja, okay, das erklärte irgendwie, warum er sauer geworden war. Vor allem wenn er mit Katharina befreundet gewesen war und mitbekommen hatte, wie sehr sie die Sache getroffen hatte, dann musste der Vergleich zwischen seinem und Olivers Verhalten ihm wohl wie blanker Hohn vorgekommen sein.

»So war's nicht gemeint«, sagte ich leise. »Sorry.«

Er schnaubte wieder, aber es klang ein wenig besänftigt. »Na ja, ich war trotzdem blöd«, sagte er schließlich. »Weil du das alles gar nicht wissen konntest.«

»Da ist was dran.«

Erneut lachte er. »Das ist der Punkt, an dem du mir sagst, dass ich nicht blöd und das alles voll nachvollziehbar war. Einsatz verpasst, Svenja.«

Das brachte auch mich zum Lachen. »Einigen wir uns drauf, dass wir beide ein bisschen blöd waren«, schlug ich schließlich vor.

David grinste. »Klingt gut.«

Horst sprang zu mir aufs Bett. Ich streichelte ihn mehr aus Reflex als sonst was. »Ich versteh nur immer noch nicht, warum du dann wochenlang geschmollt hast.«

Wieder zuckte David mit den Schultern. »Sonst hätte ich ja früher zugeben müssen, dass ich blöd war.« Er sagte das so leicht daher, dass es fast klang, als wollte er noch irgendetwas anderes dahinter verbergen, aber ich konnte mir nicht vorstellen, was das sein könnte. Und weiterbohren wollte ich auf keinen Fall.

»Okay«, sagte ich stattdessen. »Warum dann jetzt?«

David stieß ein ungläubiges Lachen aus. »Hast du dich heute in der Schule erlebt?«

Oh … David war hergekommen, um sich zu entschuldigen, damit er mich trösten konnte? Ich schniefte, und wenn ich nicht schon den halben Tag mit Weinen verbracht hätte, hätte ich wahrscheinlich direkt wieder angefangen zu heulen. Stattdessen stand ich auf und schlang ihm die Arme um den Hals. Dafür musste ich mich etwas blöd zu ihm hinunterbeugen. Immerhin saß er ja immer noch auf meinem Schreibtischstuhl. Vor Überraschung versteifte er sich einen Moment, aber dann umarmte er mich ebenfalls und drückte mich, so gut es ging. Schließlich ließ er mich los, und ich setzte mich zurück auf meinen Platz auf dem Bett.

»Heißt das, wir sind wieder Freunde?«, fragte er mit einem schiefen Grinsen.

»Wenn du willst.«

»Klar. Heißt das auch, du kommst mit auf die Party?«

Ich stöhnte. »Lieber nicht.«

»Ach, komm schon. Das wird super. Warst du schon mal am Elbstrand?«

Ich schüttelte den Kopf.

»Dann musst du mitkommen! Das ist wie ein echter Strand. Man kann sogar ins Wasser. Zumindest behaupten sie, dass die Elbe sauber genug ist dafür. Würde mich aber nicht wundern, wenn man davon später irgendwelche Mutationen bekommt.«

Ich kicherte. »Also sollte man eher nicht ins Wasser?«

»Na ja … Füße reinhängen hat bisher niemandem geschadet. Also, das geht schon.«

»Sehr beruhigend.«

David strahlte. »Siehst du. Willst du das echt verpassen?«

Unentschlossen wiegte ich den Kopf.

»Wir machen sogar ein Lagerfeuer«, fügte David hinzu. »Und grillen Marshmallows.«

Ich hatte noch nie gegrillte Marshmallows probiert. Das wäre vielleicht recht cool.

»So richtig an Stöcken und so«, fuhr David fort. »Ich hab extra Spieße besorgt. Christina sagt, sie hat so was schon mal gemacht und weiß, wie man die Dinger grillt, ohne dass sie schwarz werden.«

Moment … Christina? »Ist Anna auch da?«, fragte ich hoffnungsvoll.

»Nee. Aber weißt du, wer auch nicht kommt? Oliver und Ina. Also, wenigstens hoff ich's bei Ina. Bei der weiß man nie, ob sie nicht pissig wird und trotzdem auftaucht, wenn man sie nicht einlädt.«

Okay, das klang alles nicht schlecht. Und die Alternative

war, den Abend damit zu verbringen, mich weiter selbst zu bemitleiden. Sonderlich viel Spaß versprach das nicht.

»Ich weiß nicht, was ich anziehen soll.« Die Ausrede war so schlecht, dass ich sie noch nicht einmal selbst wirklich glaubte. Vielleicht sollte ich der Sache eine Chance geben. Im Zweifelsfall konnte ich immer noch nach einer Stunde oder so wieder verschwinden.

David grinste, stand auf und ging zu dem neu gekauften Kleiderschrank. »Wenn ich was raussuche, was du gut findest, kommst du dann mit?«

Oh, nein! David würde ganz sicher nicht in meinem Kleiderschrank wühlen! »Vergiss es!« Eilig sprang ich vom Bett auf und stellte mich zwischen ihn und den Schrank. »Ich finde selbst was. Warte draußen!«

Er deutete eine spöttische Verbeugung an. »Wie Eure Majestät wünschen.«

Damit verzog er sich aus meinem Zimmer und schloss die Tür hinter sich. Oder versuchte es zumindest.

»Hey, weißt du, dass deine Tür klemmt?«

»Wäre mir nie aufgefallen.«

David lachte, dann hörte ich ihn zurücktreten und im Flur leise mit meinem Vater reden. Ob es eine gute Idee war, die beiden allein zu lassen? Ich entschied, mich lieber zu beeilen.

Diesmal ließ ich das einzige Kleid, das ich mitgebracht hatte, im Schrank hängen und suchte stattdessen meine Lieblingshose und ein Spaghettiträger-Top heraus. Sobald ich mich angezogen hatte, trat ich eilig aus meinem Zimmer, nur um David und meinen Vater in der Küche sitzen zu sehen. Sie hatten beide eine Flasche Cola in der Hand und schienen sich prächtig zu unterhalten. Na, großartig.

»Worüber habt ihr geredet?«, fragte ich beim Rausgehen.

David hob die Schultern. »Über die Vespa, größtenteils. Dein Vater sagt, er hatte früher auch eine gehabt. Hat mir ein paar Tipps gegeben, wie man sie aufbohrt. Bis ihm irgendwann aufgefallen ist, dass er das eigentlich nicht tun sollte.«

Ich lachte, erleichtert, dass ich mir später wohl keine Fragen in Bezug auf Liebeskummer anhören musste. »So was macht er öfter mal.«

»Er ist echt ziemlich cool«, wiederholte David, was er vorhin schon mal gesagt hatte.

Wieder hob ich nur die Schultern. Im Moment war mein Vater für mich einer von den Leuten, die zwar behaupteten, sie wollten Teil von meinem Leben sein, aber mir dann im Gegenzug das ganze wichtige Zeug aus ihrem Leben verschwiegen.

Der Elbstrand sah wirklich aus wie ein echter Strand. David bretterte mit seiner Vespa auf ein kleines Lagerfeuer zu, das schon in der Nähe des Wassers brannte, bis er schließlich auf halber Strecke mit dem Hinterrad im Sand stecken blieb. Während ich abstieg, fluchte er vor sich hin, dann ließ er den

Roller aber einfach auf der Seite liegen und nahm nur seinen Rucksack mit, der wahrscheinlich wieder voll mit Bier war. Ich hatte mir bereits die Stofftasche umgehängt, die er mir vor der Abfahrt in die Hand gedrückt hatte. Dem Gewicht und dem Rascheln von Plastik nach enthielt sie mehrere Tüten Marshmallows und wahrscheinlich auch die Spieße, mit denen wir sie grillen konnten.

»Ist das nicht irgendwie schlecht, wenn Sand ins Getriebe kommt?«, fragte ich.

»Wie gut, dass das Teil nicht mir gehört.« David grinste und marschierte auf das Lagerfeuer zu.

Der ganze Ort war echt schön. Ganz in der Nähe streckten Bäume ihre Äste über den Sand bis zum Wasser, und leichte Wellen schwappten über den Strand. Wenn man sich Mühe gab, die Kräne auf der anderen Uferseite zu ignorieren, konnte man sich fast einbilden, am Meer zu sein.

Die Leute rings um das Lagerfeuer begrüßten David johlend, ich dagegen wurde größtenteils ignoriert. Aber das war ich ja inzwischen gewohnt. Dann allerdings deutete David auf mich und sagte: »Wer Marshmallows will, muss sich übrigens an Svenja wenden.«

Erstaunlich, wie sehr das Versprechen von Süßigkeiten einen plötzlich in den Mittelpunkt rücken konnte. Ich war die nächste halbe Stunde damit beschäftigt, Marshmallows und Spieße zu verteilen und mit jedem, der das eine oder das andere wollte, ein paar kurze Worte zu wechseln. So viel hatte ich seit Wochen nicht mit irgendjemandem aus der

Schule geredet, wenn man Anna, Oliver und David mal ausnahm.

Bald entstand eine kleine Diskussion darüber, wie lang man das süße Zuckerzeug übers Feuer hielt, bevor man es aß, und ob es überhaupt etwas taugte.

»Ernsthaft«, sagte Flo, den ich auf der ersten Party schon kurz kennengelernt hatte. »Die Dinger schmecken kalt viel besser. Warum muss man sie ruinieren, indem man sie übers Feuer hält?«

Ein Mädchen, dessen Namen ich nicht kannte, lachte. »Du kriegst es ja bloß nicht hin, sie früh genug wieder rauszuziehen. Wenn sie schwarz sind, schmecken sie natürlich nicht mehr. Schau dir Svenjas an. Der ist perfekt.«

Überrascht schaute ich von dem zuckersüßen, klebrigen Ding auf, das ich gerade von meinem Spieß kaute. Wenn ich ehrlich war, hatte es sich allein deshalb schon gelohnt, herzukommen. Die Teile waren köstlich.

Von der anderen Seite stieß mich jemand an. »Hey, Svenja, denkst du, meiner muss noch ein bisschen?«

Ich begutachtete den Marshmallow, den der Junge neben mir direkt in die Flammen hielt. »Der ist gut.«

Langsam verstand ich, warum David immer Bier mitbrachte.

Etwas später kam tatsächlich auch Christina noch vorbei, und ich vertiefte mich mit ihr in ein langes Gespräch erst über Anna, dann über die *Friends*-Website und dann über einen Film, der uns beide begeistert hatte.

Als ich das nächste Mal aufschaute, war das Feuer fast heruntergebrannt, die Kräne auf der anderen Uferseite leuchteten hell in der Ferne und sahen nun sogar ganz hübsch aus. Langsam wurde es echt kühl, und die ersten Leute verabschiedeten sich. Ich hatte gar nicht gemerkt, wie die Zeit vergangen war, und mich tatsächlich amüsiert.

Am nächsten Morgen wachte ich erst ziemlich spät auf. Erst da schlich sich Oliver zurück in meinen Kopf. Ich erinnerte mich daran, dass ich seine WhatsApp-Nachricht immer noch nicht beantwortet hatte.

OKAY. MACHE ICH, schrieb ich kurz, ohne zu wissen, was dann passieren würde.

Warum musste alles nur so schrecklich kompliziert sein? Als ich an Olivers Gesicht dachte, als ich ihn wegen Ina zur Rede gestellt hatte, schossen mir unwillkürlich Tränen in die Augen. Ich wusste einfach nicht, was ich noch glauben konnte und was nicht.

Horst unterbrach seine morgendliche Katzenwäsche auf meinem Kopfkissen und schob mir verwirrt schnüffelnd die Nase ins Gesicht. Im nächsten Moment schleckte mir eine raue Zunge über die Wange. Ich quietschte und schob ihn ein Stück fort, aber immerhin riss mich das sehr effektiv aus meiner miesen Stimmung. Dankbar kraulte ich Horst den Kopf.

Als mein Vater an meine Tür klopfte, schniefte ich noch einmal und riss mich zusammen. Eilig wischte ich mir die

Tränen mit der Decke aus dem Gesicht. »Was denn?«, murmelte ich.

»Wir könnten heute in den Hamburger Dungeon gehen, falls du möchtest«, verkündete er durch den Türspalt.

»Hamburger Dungeon?« Das klang nicht sonderlich einladend.

»Ist im Prinzip eine interessantere Museumsführung. Mit Wachsfiguren und so. Und einer echten Inquisitions-Gerichtsverhandlung. Also, natürlich nicht echt, aber fast wie echt.«

Ablenkung klang gut, deshalb stimmte ich zu.

So ging es weiter. Mein Vater hatte ganz sicher gemerkt, dass mich irgendwas beschäftigte, aber er fragte nicht nach, wofür ich ihm sehr dankbar war. Stattdessen zog er sich Ablenkung über Ablenkung aus dem Ärmel. Auch am Montagmorgen ließ er die Arbeit wohl größtenteils Arbeit sein und kaufte Brötchen und frische Früchte für ein ausgiebiges Frühstück, gefolgt von einem langen Shopping-Ausflug. Alles in allem hätte ich mich deutlich mieser fühlen können.

Als allerdings mein Handy klingelte, kaum dass wir wieder zu Hause waren, und ich eine Heilbronner Vorwahl auf dem Bildschirm entdeckte, war der Ansatz einer guten Laune sofort wie weggeblasen.

Mein Vater schaute mir über die Schulter. »Soll ich drangehen?«

Noch nie hatte ich mein Handy so schnell aus der Hand gegeben. Danach hielt ich den Atem an, während er abhob und sich meldete.

»Frederik Peters«, sagte er mit ernster Miene. Angespannt beobachtete ich jede einzelne Regung in seinem Gesicht. Es juckte mir in den Fingern, ihm das Handy doch wieder aus der Hand zu reißen, damit ich mitbekam, was auf der anderen Seite der Leitung gesagt wurde. Gleichzeitig hätte ich mich am liebsten irgendwo verkrochen, um die schlechten Neuigkeiten, die das sicher waren, nicht mitzubekommen.

»Ja«, sagte er noch einmal. Dann: »Oh, das sind gute Neuigkeiten.« Allerdings klang er gar nicht so. Eher fast ein wenig enttäuscht. Was zur Hölle hatte das nun zu bedeuten?

»Kann Svenja mit ihr sprechen?«

Bei der Frage machte mein Herz einen Satz. Es ging meiner Mutter gut genug, dass sie mit mir sprechen konnte? Das war ziemlich großartig! Ich streckte bereits die Hände nach dem Handy aus, während mein Vater noch auf die Antwort lauschte. Als er schließlich den Kopf schüttelte, ließ ich sie langsam wieder sinken. So viel also dazu …

»Danke«, sagte mein Vater schließlich. »Ich sage es ihr.« Dann legte er auf und gab mir das Handy zurück.

»Was ist nun?«, fragte ich sofort.

»Es geht ihr besser als erwartet. Komm, wir setzen uns, dann erzähle ich dir alles in Ruhe.«

Eilig schlüpfte ich aus meinen Schuhen, ohne mir überhaupt die Mühe zu machen, sie aufzubinden. Besser als erwartet klang gut, aber irgendwas an der Reaktion meines Vaters war seltsam gewesen. Etwas stimmte hier doch nicht. Meine Schuhe landeten in irgendeiner Ecke, und ich saß schon am Tisch in der Küche, als mein Vater immer noch mit seinem zweiten Schnürsenkel beschäftigt war. Ungeduldig hibbelte ich auf der Bank herum. Nach einer gefühlten Ewigkeit kam er schließlich in die Küche und setzte erst mal Kaffee auf.

»Wir warten nicht, bis du eine Tasse Kaffee hast!«

Er lächelte. »Nein, ich überlege nur, wie ich am besten anfange.« Er holte tief Luft. »Es geht ihr wirklich besser als gedacht. Sie macht gute Fortschritte, schneller als irgendjemand zu hoffen gewagt hätte. Inzwischen kann sie einfache Sachverhalte mitteilen. Es geht noch ein bisschen mühsam mit Händen und Füßen und so, aber sie hat nach dir gefragt.«

»Sie kann meinen Namen wieder?« Ich hielt den Atem an, wagte kaum, das tatsächlich zu hoffen.

Diesmal war das Lächeln meines Vaters breiter. »Ja, sie kann deinen Namen wieder.«

Langsam stieß ich den angehaltenen Atem aus. Es war echt blödsinnig, aber plötzlich fühlte ich mich um Kilos leichter. Ich lehnte mich auf der Bank zurück und kämpfte für einen Moment gegen Tränen der Erleichterung.

»Und sie will dich anscheinend näher bei sich haben«, fuhr mein Vater fort. »So weit kann sie sich ausdrücken. Du sollst bei irgendeiner Freundin von ihr wohnen. Das heißt, du musst in keine Jugend-WG, aber du sollst in den nächsten Tagen nach Heilbronn zurück. Genaueres wird noch geplant.«

»Oh.« Für einen Moment wusste ich nicht, was ich sagen sollte. Ich hatte mich darauf eingerichtet, länger hierzubleiben. Bei der ganzen Sache mit Oliver war mir nie in den Sinn gekommen, dass es vielleicht überhaupt keinen Unterschied machte, ob wir unsere Probleme klärten oder nicht, weil ich ohnehin nicht mehr lange hier wäre. Ich hatte fest damit gerechnet, zumindest für Teile des nächsten Schuljahrs noch in Hamburg zu sein. Es hatte doch erst vor Kurzem geheißen, sie habe einen Rückfall erlitten. Allerdings, nun da ich darüber nachdachte, war das schon eine ganze Weile her. Noch bevor ich mit Oliver zusammengekommen war. Ich hatte nur die Wochen danach in einem glücklichen Taumel verbracht, immer an Olivers Seite. Deshalb kam es mir so vor, als seien sie rasend schnell vorübergezogen.

Erst nach einer Weile ging mir auf, dass meine Mutter nur eine Freundin hatte, der sie mich anvertrauen würde. Beate. Es gab niemanden sonst, der infrage kam. Beate war ihr großes Vorbild. Die meisten schrecklichen Ideen in Bezug auf gesunde Ernährung kamen von ihr. Sie hatte zwei Kinder, die ich nicht sonderlich leiden konnte, die mir aber oft genug leidtaten. Denn bei Beate im Haus gab es nur Mineralwasser zu trinken, weil alles andere, selbst Saft, angeblich zu viel Zucker enthielt. Es war immer nur eine Fernsehsendung pro Abend erlaubt, für die Benutzung von Handys gab es feste Zeiten, und von den Wundern des WLANs hatte Beate bisher wahrscheinlich noch nicht mal gehört.

»Wenn du lieber hierbleiben möchtest, kriegen wir das sicher hin.« Mein Vater sah mich irgendwie hoffnungsvoll an. Wollte er etwa, dass ich blieb? »Du bist alt genug, dass es schwer ist, dich gegen deinen Willen irgendwohin zu verschiffen. Du musst nur etwas sagen, dann setze ich alles in Bewegung, was ich kann.«

Er wollte wirklich, dass ich blieb. Aber was hatte ich denn hier? Ich dachte an Anna, Christina und David, mit dem ich mich gerade erst wieder vertragen hatte. Und an meinen Vater natürlich, der mir gerade gesagt hatte, dass er mich wirklich hier haben wollte. Aber ich dachte auch an Ina. Und an Jenny und die Schule in Heilbronn, in der es mehr als nur drei Leute gab, die mit mir redeten.

»Ich denke drüber nach.«

Beate war vielleicht erträglich, wenn ich den Großteil der Zeit bei Jenny verbrachte. Wir konnten immer behaupten, dass wir zusammen lernten oder so was. Und dann würde ich mir endlich nicht mehr den Kopf über Oliver zerbrechen müssen. Eine Fernbeziehung zwischen Hamburg und Heilbronn machte eh keinen Sinn. Die Umstände würden die Entscheidung einfach für mich treffen. Fertig.

Doch allein der Gedanke tat weh. Ich schluckte plötzlich gegen einen Klumpen in meiner Kehle an. »Ich … werde es mir überlegen.«

Diesmal lächelte mein Vater irgendwie traurig. »In Ordnung.«

Langsam stand ich auf und ging in mein Zimmer. Seltsam eigentlich, dass ich von dem Raum inzwischen als mein Zimmer dachte. Es standen immer noch so viele Regale mit den ganzen Büchern meines Vaters darin, und es hingen keine meiner Poster an den Wänden. Trotzdem fühlte er sich inzwischen ein bisschen wie ein Zuhause an.

»Übrigens muss ich morgen wieder arbeiten!«, rief er mir hinterher. »Aber das bedeutet nur, dass ich im Wohnzimmer am Computer sitze. Du kannst mich gerne stören, wenn du irgendwas brauchst.«

Das war vielleicht noch ein Grund, aus dem es besser war, nach Heilbronn zurückzugehen. Ich wusste immer noch nicht, was er eigentlich arbeitete. Außer ich wollte die Journalisten-Lüge glauben.

Ich blieb stehen und sah mich noch einmal nach ihm um. »Was arbeitest du eigentlich?«

Mein Vater lächelte. »Ich bin Journalist, habe ich das nicht schon gesagt?«

Er wollte es mir also immer noch nicht sagen. Ich presste die Lippen aufeinander und nickte. Dann wandte ich mich ab und ging den Rest des Weges in mein Zimmer. Es war wirklich eine gute Idee, nach Heilbronn zurückzugehen.

Etwas später am Abend kam eine WhatsApp-Nachricht von Anna: LUST, MORGEN SCHWIMMEN ZU GEHEN?

Das war vielleicht eine gute Gelegenheit, sie noch einmal zu sehen. Falls ich mich dazu entschied, nach Heilbronn zurückzugehen.

GERNE, schrieb ich deshalb zurück.

Erst noch etwas später, als mein Vater vorschlug, dass wir irgendeinen Film gucken sollten, fiel mir auf, dass ich ja noch auf eine Mail von Brigitte Berg wartete. Unauffällig checkte ich meinen Posteingang, aber der war komplett leer. Hielt sie mich jetzt wirklich für armselig und lächerlich? Na ja, am Ende machte das auch keinen Unterschied mehr.

Kapitel 15

Am nächsten Tag war mein Vater schon wach, als ich aufstand. Er beantwortete irgendwelche E-Mails an seinem Computer. Ich überlegte kurz, ob ich noch einmal versuchen sollte, mehr über seinen Job zu erfahren, ließ es dann aber. Er würde sowieso den Bildschirm ausstellen, sobald ich auch nur in die Nähe käme. Stattdessen frühstückte ich eilig eine Schüssel Cornflakes und packte anschließend meine Schwimmsachen zusammen.

»Ich treff mich mit Anna im Schwimmbad!«, rief ich in Richtung Wohnzimmer, die Hand schon an der Türklinke.

»Warte!« Mein Vater kam aus dem Wohnzimmer, und für einen Moment sah er mich einfach nur lange an. Was war denn jetzt schon wieder kaputt?

Unruhig trat ich von einem Bein auf das andere. Wenn ich mir zu viel Zeit ließ, würde ich meine U-Bahn verpassen. Gut, in Hamburg fuhr alle zehn Minuten eine, aber das Schwimmbad in Rahlsted lag nicht gerade um die Ecke.

»Können wir uns später unterhalten?«, fragte mein Vater.

Okay, irgendwas war los, oder? Allerdings war das vielleicht meine letzte Chance, Anna zu sehen, und die wollte ich mir nicht entgehen lassen. »Klar. Ich weiß noch nicht, wann ich wieder da bin, aber ewig hat das Schwimmbad ja auch nicht auf.«

Mein Vater lächelte. »Gut. Ich warte mit dem Abendessen auf dich.«

Ich nickte, schlüpfte aus der Wohnung und rannte Richtung U-Bahn-Haltestelle.

Als ich Anna im Schwimmbad die Neuigkeiten erzählte, machte sie große Augen. »Oh … Ich meine, es ist toll, dass es deiner Mutter besser geht, aber willst du echt nach Heilbronn zurück?«

Wir saßen auf einer Decke auf der Wiese in der Nähe des Sprungturms. Christina war heute anscheinend auf der Geburtstagsfeier irgendeiner Tante oder so.

Ich sah dabei zu, wie jemand eine Arschbombe vom Dreimeterbrett hinlegte, und zuckte mit den Schultern. »Es würde einen ganzen Haufen Probleme lösen, schätze ich. Und es ist ja nicht so, als würden mich hier viele Leute vermissen.«

»Ich würde dich vermissen!«, protestierte Anna entschieden.

Das sorgte dafür, dass ich lächeln musste. »Du hast Christina, du wirst es überleben.«

Anna gab einen unzufriedenen Laut von sich und kaute auf ihrer Unterlippe herum. »Was ist mit David?«

»David ist der beliebteste Junge der Schule.«

»Nur weil er immer Bier verteilt.«

»Na ja«, sagte ich, »früher oder später müsste ich sowieso wieder nach Heilbronn zurück. War ja nie geplant, dass ich für immer hierbleibe.«

Das war vielleicht noch ein Grund, einfach gleich zurückzugehen. Je länger ich hierblieb, desto schwerer würde es, später alles zurückzulassen, oder? Vor allem wenn ich mich tatsächlich wieder mit Oliver vertragen sollte. Wie hatte ich mir das eigentlich vorgestellt? Jetzt kam ich mir blöd vor, weil ich darüber vorher nie nachgedacht hatte. Wie hatte ich denn gedacht, dass das mit Oliver und mir enden würde?

»Hm ...« Versonnen starrte Anna einem Mädchen hinterher, das einen ziemlich eleganten Kopfsprung vom Einmeterbrett hinlegte. »Könntest du nicht einfach bei deinem Vater wohnen bleiben? Ich meine, er ist dein Vater, und wenn du verkündest, du willst jetzt bei ihm leben statt bei deiner Mutter, wer sollte was dagegen sagen?«

»Theoretisch ...« Ich war mir nicht ganz sicher, wie genau das funktionierte, sobald es meiner Mutter wieder besser ging. Außerdem wäre es irgendwie fies ihr gegenüber. Und sie war diejenige, die mich aufgezogen hatte, und sie hatte nicht ständig irgendwelche Geheimnisse vor mir.

»Na ja ... du hast noch ein paar Tage, um darüber nachzudenken. Wie wär's mit einem Wettschwimmen?«

»Du gewinnst doch eh.«

»Ich schwimm extra langsam. Jetzt komm schon!«

Für eine Weile plantschten wir im größten der Becken herum, und es war schon später Nachmittag, als wir schließlich zum Handtuch zurückkehrten, um uns von der Sonne wieder aufwärmen zu lassen. Auf halbem Weg kamen wir an einer Gruppe Leute aus unserer Klasse vorbei. Sie alle steckten die Köpfe zusammen, und als wir näher kamen, erkannte ich dazwischen auch eine von Inas Freundinnen.

»Was ist denn da los?«, wunderte sich Anna.

»Lass uns einfach einen Bogen drum machen.« Ina war zwar nicht in der Nähe, aber man wusste ja nie. Ich schlug gerade einen anderen Weg ein, als jemand in der Gruppe uns entdeckte. Das Mädchen stieß Inas Freundin an und deutete auf uns. Sofort sah sich auch diese nach uns um. Ihre Lippen verzogen sich zu einem fiesen Grinsen, dann wandte sie sich wieder den anderen zu und sagte irgendwas. Die ganze Gruppe lachte.

Ich war noch nie von einer ganzen Gruppe Leute ausgelacht worden, und es war ein wirklich scheußliches Gefühl. Hatte ich Dreck im Gesicht oder so was? Hatte mein Badeanzug an irgendeiner unvorteilhaften Stelle ein Loch? Unwillkürlich sah ich an mir hinunter, aber es schien alles in Ordnung zu sein. Im nächsten Moment ärgerte ich mich über mich selbst. Wer interessierte sich überhaupt für die Meinung dieser Leute? In ein paar Tagen musste ich sie ohnehin nie wiedersehen.

»Ein Bogen klingt nach einer sehr guten Idee.« Anna packte meinen Arm und zog mich fort.

»Was war das denn?«, fragte ich, als wir endlich bei unseren Handtüchern ankamen.

»Irgendwas Blödsinniges. Denk am besten einfach nicht weiter drüber nach.«

Das versuchte ich ja, aber ich konnte nicht anders. Auf der Party am Elbstrand hatte ich eigentlich das Gefühl, dass ich mich mit den anderen ganz gut angefreundet hätte. Aber warum lachten sie mich jetzt plötzlich aus?

Um mich abzulenken, zog ich mein Handy aus dem Schuh, in dem ich es versteckt hatte, und checkte meine Nachrichten. Zu meiner Überraschung hatte ich eine neue Mail von Brigitte Berg.

Von: frag-dr-bb@friends.de
An: amazing-svenja@freemail.de
Betreff: Re: Katastrophe

Liebe S.,

ich bin mir sicher, weder O. noch dein Vater halten Dinge vor dir geheim, weil sie dich nicht lieben oder dir nicht vertrauen. Aber vor allem wenn einem jemand wichtig ist, ist es oft sehr schwer, demjenigen eine peinliche Wahrheit zu gestehen. Wenn man jemanden liebt, möchte man sich nur von seinen besten Seiten zeigen. Man hat Angst, dass all die Schwächen und die Dinge, für die man sich schämt, denjenigen vertreiben könnten. Dabei übersieht man gerne mal, wie sehr Lügen und Halb-

wahrheiten das Vertrauen verletzen, das das Gegenüber in einen setzt.

Gib ihnen die Gelegenheit, alles zu erklären, dann entscheide selbst.

Viele Grüße,

deine Brigitte Berg

Seltsam. Irgendwie klang das nicht wie Dr. BBs andere Nachrichten. Sonst hatte immer ein bisschen Humor in ihren Mails mitgeschwungen. Diesmal klang sie todernst. Bevor ich mir darüber allerdings weiter Gedanken machen konnte, stieß Anna mich plötzlich an. Als ich aufschaute, stand Oliver vor unserem Handtuch.

Er lächelte vorsichtig. »Hi.«

Plötzlich hatte ich einen Klos im Hals. Ich räusperte mich. »Hi.«

Anna stand auf. »Ich … ähm … ich geh mir mal ein Eis kaufen.«

Ich öffnete den Mund, um sie zurückzuhalten, aber dann sah ich ihr doch einfach dabei zu, wie sie über die Wiese in Richtung der Imbissbude davonging. Ich brauchte sie nicht zum Händchenhalten, während ich mit Oliver redete.

Verlegen rieb er sich den Nacken. »Wie geht's dir?«

Was sollte ich darauf denn jetzt sagen? »Ganz okay, ich hab nur in den letzten Tagen ständig geheult deinetwegen«?

Oder: »Wenn man mal davon absieht, dass ich nicht weiß, ob ich dir vertrauen kann, eigentlich gar nicht schlecht«? Schließlich hob ich einfach die Schultern. Andererseits, vielleicht wäre es eine Idee, ihm von den neuesten Entwicklungen zu erzählen.

»Ich … ähm … werde wohl demnächst wieder nach Heilbronn ziehen.«

Für einen Moment blinzelte er, als würde er gar nicht verstehen, was ich sagte, dann wurden seine Augen groß. »Geht es deiner Mutter wieder besser?«

Ich nickte.

»Das ist … schön … schätze ich.« Er klang noch weniger begeistert als Anna. Ich sah ihn deutlich schlucken. »Hör zu, wenn du demnächst weggehst, glaub mir bitte wenigstens, dass mir das alles schrecklich leidtut.«

Er klang so ehrlich und aufrichtig, dass ich automatisch nickte. Klar, ganz egal, was er getan oder auch nicht getan hatte, leid tat es ihm wahrscheinlich wirklich. Genauso wie ihm die Sache mit Katharina leidtat. Und ja, wenn ich wirklich wegging, wollte ich auch nicht, dass wir immer noch sauer aufeinander waren.

Olivers Lächeln wurde ein wenig breiter, und nun musste ich schlucken. Allein der Gedanke, ihn bald nie wieder zu sehen, tat weh, egal ob ich ihm glaubte oder nicht. Ich öffnete den Mund, um etwas zu sagen, als ich hinter ihm jemanden näher kommen sah.

Es war Ina.

Mein Gesichtsausdruck musste ziemlich deutlich gemacht haben, dass etwas nicht stimmte, denn Oliver drehte sich schnell um. Ich hörte ihn einen leisen Fluch murmeln.

»Oliver!«, flötete Ina. »Gibst du dich immer noch mit der Verliererin ab? Hast du die Neuigkeiten nicht gehört?«

Neuigkeiten? Was für Neuigkeiten? Ich musste an das Gelächter der anderen denken. Aber was für Gerüchte konnte denn irgendjemand über mich erzählt haben, seit die Ferien angefangen hatten? Ich hatte doch kaum Kontakt mit irgendjemandem aus der Schule gehabt, sah man mal von Davids Party ab.

Davids Party.

Mit einem Mal kam es mir vor, als sei mein Magen mit Eis gefüllt. Ina konnte nicht irgendwie andeuten wollen, dass ich was mit David angefangen hatte, oder? Das war doch blödsinnig. Es hatte ein Haufen Leute mit an diesem Lagerfeuer gesessen. Alles, was wir getan hatten, war Marshmallows zu grillen und uns zu unterhalten. Daraus konnte sich noch nicht mal Ina ein übles Gerücht spinnen.

»Was für Neuigkeiten?«, hörte ich Oliver wie aus weiter Ferne fragen.

Ina lachte. »Oh, nur eine lustige Sache, die ich bei meinem Praktikum in der *Friends*-Redaktion herausgefunden habe. Was übrigens der Grund ist, warum ich erst so spät hier bin. Es gab soo viel zu tun.«

»Es interessiert niemanden, für wie wichtig du dich hältst«, quetschte ich zwischen zusammengebissenen Zähnen hervor. Gerade hatte ich wirklich keine Geduld für Inas Angeberei.

Ina lachte nur. »Na ja, immerhin bin ich nicht die Kummerkastentante bei *Friends* und muss mir den ganzen Tag das Gejammer irgendwelcher Nichtskönner anhören.«

Plötzlich war ich mir sehr des Handys mit Brigitte Bergs letzter Antwort bewusst, das ich immer noch in der Hand hielt. War Ina irgendwie an meine Mails gekommen und hatte herausgefunden, dass sie von mir waren? Ich hatte gar nicht daran gedacht, dass diese Möglichkeit bestehen könnte. Aber wer sagte überhaupt, dass Dr. BB nur eine Person war? Vielleicht übernahm jeder in der Redaktion den Job zwischendurch mal. Vielleicht hatte die letzte Antwort deshalb so anders geklungen.

»Wie meinst du das?«, krächzte ich.

Für einen Moment starrte Ina mich an, als könnte sie nicht ganz glauben, dass ich nicht wusste, worauf sie hinauswollte. Dann breitete sich ein Grinsen auf ihrem Gesicht aus. »Sag bloß, du weißt das gar nicht? Dass dein Vater sich für einen Hungerlohn für Dr. BB ausgibt und sich täglich durch den seelischen Müll irgendwelcher Jammerlappen wühlt.«

Ich war sicher, dass ich mich verhört haben musste. Das konnte nicht stimmen. Mein Vater war nicht Brigitte Berg. Er hatte nicht die ganze Zeit meine Mails beantwortet, oder? Es gab bestimmt einfach mehr als einen Frederik Peters in Hamburg.

Andererseits hatte ich ihn immer nur an seinem Computer sitzen sehen. Und er hatte die letzten Tage nicht gearbeitet, was erklären würde, warum die Antwort von Brigitte Berg erst heute gekommen war.

Und natürlich würde er sich auf die Seite der Leute schlagen, die Geheimnisse hatten, genau wie Brigitte Berg es in ihrer letzten Mail getan hatte. Schneller und schneller wirbelten die Gedanken in meinem Kopf herum. Warum hatte er mir das denn nicht erzählt?

»Was?«, spottete Ina. »Hat es dir die Sprache verschlagen?«

Ich konnte mich gerade nicht mit ihr abgeben. Wortlos packte ich meine Sachen zusammen.

»Ach, sag bloß, du musst jetzt weinen.«

»Das reicht, Ina!« Das war Olivers Stimme. So wütend hatte ich ihn noch nie gehört. »Verschwinde und lass sie in Ruhe.«

»Ich verstehe echt nicht, was du an ihr findest«, nörgelte Ina.

Ich stopfte mein Handtuch in die Tasche, legte das Handy obendrauf und hob meine Schuhe auf. Anna würde ich nachher eine Nachricht schreiben.

»Ina!« Oliver wurde nicht laut, aber es lag eine Schärfe in seiner Stimme, mit der man Glas hätte schneiden können. Zu meiner Überraschung wirkte das tatsächlich. Ich konnte hören, wie Ina kehrtmachte und davonging.

Im nächsten Augenblick war Oliver neben mir. »Tut mir leid.«

Ich schaute nicht auf, sondern ging schnurstracks auf den Ausgang zu. »Das sagst du oft.«

»Sie findet es wahrscheinlich lustig, dass er sich als Frau ausgibt, oder so. Das ist doch Blödsinn, die Ratschläge sind oft ziemlich gut.«

»Du musst nicht versuchen mich zu trösten.« Der erste Schock war absoluter Leere gewichen.

Ich dachte, dass mein Vater zumindest einen guten Grund hatte, nichts über seinen Job zu erzählen. Geheimhaltungsklausel oder irgendwas Illegales oder was auch immer. Aber jetzt sah es so aus, als hätte er sich einfach dafür geschämt, eine Kummerkastentante zu sein. Viel armseliger ging es wohl kaum noch.

»Du hast es echt nicht gewusst?«, fragte Oliver.

»Willst du dich jetzt auch noch über mich lustig machen?«

»Nein … ich … tut mir leid.«

Wir hatten die Frauenumkleide fast erreicht. Langsam fiel Oliver zurück. »Svenja …«

Nun blieb ich doch stehen und drehte mich noch einmal zu ihm um. »Ich geh zurück nach Heilbronn«, sagte ich. »Da haben zumindest nicht alle Leute, die mir wichtig sind, Geheimnisse vor mir.«

Damit trat ich durch die Tür.

Kapitel 16

Als ich nach Hause kam – Nein, in die Wohnung meines Vaters –, war meine Laune an einem Tiefpunkt angelangt. Ich fühlte mich so allein, wie ich mich nicht mehr gefühlt hatte, seit ich in Hamburg angekommen war.

Mein Vater kam aus dem Wohnzimmer. Ein Blick in meine Miene genügte wohl, um meine Stimmung zu erfassen. »Alles in Ordnung?«, fragte er.

Warum fragten Leute so was eigentlich immer, wenn ganz eindeutig gar nichts in Ordnung war? »Klar.« Ich ließ meine Schwimmtasche neben der Tür auf den Boden fallen und schlüpfte aus meinen Schuhen. »Alles bestens.«

Er trat näher, und Besorgnis spiegelte sich in seinem Blick. »Svenja, was ist passiert?«

Ich kickte meine Schuhe in eine Ecke und erschreckte damit Horst, der gerade aus meinem Zimmer spähte. Sofort tat es mir leid, aber sonderlich lange konnte es meine Wut nicht bremsen. »Nichts Wichtiges«, schnappte ich. »Du hast nur vergessen zu erwähnen, dass du Brigitte Berg bist, und ich durfte das gerade erfahren, indem sich alle aus meiner Klasse über mich lustig gemacht haben.«

Der Fluch, den mein Vater ausstieß, war ganz eindeutig nicht jugendfrei.

»Nett übrigens«, fügte ich hinzu, »dass du die ganze Zeit meine Mails beantwortet hast, ohne mir zu sagen, dass du dahintersteckst.« Ich griff mir meine Schwimmtasche wieder und schleifte sie hinter mir her in mein Zimmer.

»Mir ist erst heute Morgen klar geworden, dass du es bist.« Mein Vater sprach schnell, als wollte er noch möglichst viele Worte herausbekommen, bevor ich in meinem Zimmer verschwand. Zugegebenermaßen war das eine nicht ganz unbegründete Befürchtung.

»Es tut mir leid, Svenja,« fuhr er fort. »Ich … Kummerkastentante ist nicht gerade der prestigeträchtigste Job, und ich dachte, du hältst mich sowieso schon für einen Verlierer. Du musst nicht auch noch …«

»Herzlichen Glückwunsch!«, unterbrach ich ihn. »Jetzt halte ich dich für einen Verlierer *und* einen Lügner. Ich fahre heim.« Damit warf ich die Zimmertür hinter mir zu, so weit es eben ging.

Ich rief im Krankenhaus an, wo ich die Nummer von Beate bekam, um mit ihr auszumachen, wann ich in Heilbronn ankommen würde. Sie kaufte mir ein Zugticket, das sie mir nach etlichen Fehlversuchen per E-Mail zuschickte. Ich hatte fast vergessen, wie anstrengend normale Erwachsene in dieser Hinsicht waren. Mein Vater hatte nie Probleme mit irgendwelcher Technik.

Der Zug würde morgen fahren. Bei dem Gedanken wurde mir irgendwie mulmig, aber ich schob das Unbehagen beiseite. Bald würde alles wieder wie früher sein.

Mein knurrender Magen trieb mich zum Abendessen schließlich wieder aus meinem Zimmer. Es gab Pizza, wie am ersten Tag. Für eine Weile aßen wir in ziemlich eisigem Schweigen.

»Svenja …«, begann mein Vater schließlich.

Ich hob eine Hand. »Ich hab eine Zugfahrkarte für morgen, dann bist du mich los.«

Seine Schultern sackten herab. Er schob den Teller mit seiner Pizza von sich. »Willst du trotzdem noch wissen, warum deine Mutter und ich uns getrennt haben?«

Ja, das wollte ich wissen. Das wollte ich die ganze Zeit schon wissen, aber ich hatte nichts als dumme Ausflüchte bekommen. Trotzdem zuckte ich nur mit den Schultern. »Kann dich kaum davon abhalten, es zu erzählen.«

Kurz zuckten seine Mundwinkel, dann wurde er wieder ernst. »Ich war mal ein ernstzunehmender Journalist.«

»Kaum zu glauben«, kommentierte ich. Okay, das war gemein, aber was hatte er erwartet?

Zu meiner Überraschung lachte er sogar ein wenig. »Ja, ich schätze schon. Das war, als du gerade geboren warst. Ich habe freischaffend gearbeitet, das heißt, ich habe von verschiedenen Zeitungen Aufträge bekommen. Es lief so weit gut, aber es war alles ein bisschen unsicher. Keine Aufträge, kein Geld, verstehst du?«

Ich hob die Schultern und tat so, als würde es mich kaum interessieren, während ich gebannt zuhörte.

»Mir hat das ganz gut gefallen«, fuhr er fort. »Ich mochte die Freiheit und die Herausforderung. Aber als deine Mutter schwanger wurde, wurde sie immer unruhiger, was das anging. Sie meinte, wir müssten dir mehr Stabilität bieten. Sie selbst hat damals noch studiert. Du warst nicht so ganz … geplant …«

Großartig. Genau das, was ich jetzt noch hören wollte. Ich hatte meine Existenz also zu allem Überfluss auch noch einem Ausrutscher zu verdanken.

»Auch wenn wir uns sehr über dich gefreut haben«, fügte er eilig hinzu. Das machte es nicht sehr viel besser.

Mein Vater räusperte sich. »Na ja, wir haben ein paarmal gestritten deswegen. Sie hat mir vorgeworfen, dass mir meine Karriere wichtiger sei als du. Und schließlich habe ich mich nach einem festen Job umgesehen, aber das ist in der Branche nicht ganz einfach.«

Ich war mir ziemlich sicher, dass er nur rumlaberte, um Zeit zu gewinnen. Was interessierte mich die Jobsituation von Journalisten vor vierzehn Jahren?

»Und zugegebenermaßen hat sich das Ziel der Suche mit der Zeit ein bisschen verschoben. Ich wollte sowieso höher hinaus. Schließlich habe ich ein Angebot bekommen, das ich ziemlich gut fand, eine Stelle als Auslandskorrespondent in Saudi-Arabien.«

Deshalb konnte er also Arabisch. Immerhin war das

Rätsel damit gelöst. Nun schob ich auch meine Pizza von mir und starrte ihn auf eine Art an, die hoffentlich deutlich machte, dass er endlich zum Punkt kommen sollte.

»Wenn ich ehrlich bin, ging es da schon nicht mehr so wirklich darum, einen festen Job zu finden«, erklärte er. »Ich wollte vor allem etwas Aufregendes mit meinem Leben anfangen. Aber ich habe die Sache deiner Mutter als die Lösung präsentiert. Sie war nicht begeistert. Sie wollte kein kleines Mädchen in einem Land aufziehen, das kaum Frauenrechte hat.«

Ich musste eingestehen, dass meine Mutter da durchaus ein gutes Argument gehabt hatte.

»Wir haben noch mehr gestritten. Und am Ende bin ich allein gegangen, weil ich mir die Chance nicht entgehen lassen wollte.« Er starrte auf seine halb aufgegessene Pizza hinab.

Also hatte meine Mutter wirklich recht gehabt und seine Karriere war ihm wichtiger gewesen als ich?

Mein Vater räusperte sich. »Es hat eine Weile gedauert, bis ich gemerkt habe, wie groß der Fehler war, den ich begangen hatte.«

»Du meinst, bis du deinen tollen Job verloren hast und gemerkt hast, dass du ziemlich allein dastandest«, warf ich ein. Ich scherte mich wirklich nicht darum, ob ich ihn mit dem verletzte, was ich sagte.

Mein Vater presste die Lippen aufeinander und schwieg für einen Moment. »Als ich den Job verloren hatte und nach Deutschland zurückgekehrt bin, war ich erst mal arbeitslos und eine Weile sogar obdachlos«, fuhr er schließlich fort und widersprach mir damit auf jeden Fall mal nicht. »Ich habe mich ziemlich geschämt. Deine Mutter hat sich ja schon Sorgen darüber gemacht, dass ein freischaffender Journalist dir nicht genug Stabilität bieten kann, und jetzt hatte ich nicht mal ein Dach über dem Kopf geschweige denn irgendeinen Job« Er seufzte. »Also habe ich nur sehr halbherzig versucht, wieder Kontakt zu euch aufzunehmen. Deine Mutter hat mir deutlich zu verstehen gegeben, dass ich mich von dir fernhalten soll, solange ich nichts zu bieten habe. Und damit habe ich … einfach aufgegeben.«

Das hieß also dieses »für ein Familienleben nicht geeignet«. Er tat lieber aufregende Dinge, als ein Vater zu sein. Er hatte sich von meiner Mutter einfach davonjagen lassen, weil sie behauptet hatte zu wissen, was ich brauchte. Plötzlich wusste ich nicht einmal mehr, auf wen ich wütender war. Auf meinen Vater, weil er sich nicht angestrengt hatte, trotzdem ein Teil meines Lebens zu werden, oder auf meine Mutter, weil sie ihn von mir ferngehalten hatte. Wen scherte schon Stabilität, wenn man jemanden haben konnte, der zu Fuß mit einem durch den Drive-in ging und einen ins Planetarium schleppte, um etwas zu beweisen?

Andererseits, was brachte mir all das, wenn er es nicht mal schaffte, bei den einfachsten Dingen ehrlich zu sein?

»Ich dachte, du willst mich wahrscheinlich eh nicht in

deinem Leben haben«, fuhr er fort. »Es tut mir leid. Ich hätte es hartnäckiger versuchen sollen.«

»Ja, hättest du«, sagte ich. »Und wenn du schon dabei warst, hättest du auch gleich noch merken können, dass es mir so was von egal ist, ob du einen coolen Job hast oder nicht!« Je länger ich redete, desto mehr geriet ich in Fahrt. »Keine Ahnung, was Mama dir da eingeredet hat, aber ernsthaft? Du lügst mich eher an, anstatt mir was zu sagen, wofür du dich schämst?«

Nun sah er wirklich zerknirscht aus. »Ich habe nicht tatsächlich gelogen«, verteidigte er sich trotzdem. »Ich habe nur auf eine gute Gelegenheit gewartet. Du warst am Anfang so ablehnend, da wollte ich nicht noch …«

»Glückwunsch!«, unterbrach ich ihn. »Jetzt bin ich auch wieder ablehnend! Wenn ich mit dir über Oliver und David hätte reden wollen, hätte ich das gemacht! Ich hab Dr. BB geschrieben, weil ich eben nicht mit dir reden wollte! Und dabei hast du die ganze Zeit meine Mails gelesen!«

Das war der Verrat, der am meisten wehtat, wenn ich ehrlich war. Und im Moment interessierte es mich nicht im Geringsten, dass er genauso wenig gewusst hatte, wer ich war, wie ich gewusst hatte, wer hinter Dr. BB steckte.

»Es tut mir wirklich leid, Svenja. Ich …«

»Macht jetzt eh keinen Unterschied mehr.« Mit einem Mal fühlte ich mich einfach nur noch müde. Ich wollte nicht mehr streiten. Was für einen Zweck hatte das denn noch? »Morgen bin ich wieder in Heilbronn.«

Morgen würde alles so normal sein, wie es eben sein konnte, während meine Mutter noch im Krankenhaus lag. Und irgendwann würde sie wieder ganz gesund werden, und bis dahin hatte ich meinen kurzen Ausflug nach Hamburg bestimmt vergessen.

»Svenja«, versuchte mein Vater es noch einmal. »Ich will, dass du weißt, dass ich froh bin, dich jetzt doch noch kennengelernt zu haben. Und falls du mich weiter in deinem Leben haben möchtest …«

»Im Moment will ich das alles hier am liebsten einfach vergessen.«

Damit stand ich auf und ging zurück in mein Zimmer.

Kapitel 17

Ich verabschiedete mich von Horst, indem ich ihn so lange durchknuddelte, bis er zappelte und von meinem Arm wollte. »Du bist der Einzige hier, den ich wirklich vermissen werde«, flüsterte ich ihm zu.

Das war eine glatte Lüge. Als ich durch das Zugfenster die Gestalt meines Vaters am Bahnsteig immer kleiner werden sah, fühlte es sich an, als würde ein Stückchen aus meinem Herzen abbrechen. Ich hielt mir vor Augen, was für eine Katastrophe er angerichtet hatte. Das half ein wenig.

An Oliver versuchte ich gar nicht erst zu denken. Jedes Mal, wenn ich das tat, krampfte sich mein Herz zusammen, bis es beinahe körperlich schmerzte.

Zwei Stunden von Hamburg entfernt kam eine WhatsApp-Nachricht von Jenny: WARST DU HEUTE SCHON AUF FRIENDS? ES GIBT WAS NEUES VON DR. BB!

Das meinte sie nicht ernst, oder? Ich hatte ihr natürlich erzählt, dass mein Vater Brigitte Berg war.

ERNSTHAFT?, schrieb ich zurück. DA WÜRD ICH GRAD FÜR GELD NICHT DRAUFGUCKEN.

Zurück kam ein Smiley, der die Augen verdrehte, dann der Screenshot einer Nachricht:

LIEBER O. ICH HABE EINMAL ZU SCHNELL AUFGEGEBEN UND MEINE FAMILIE VERLOREN. S'S ZUG FÄHRT UM 10:45, UND SIE IST VERLETZT, ABER IHR LIEGT IMMER NOCH ETWAS AN DIR. MACH NICHT DENSELBEN FEHLER WIE ICH.

Jetzt checkte ich doch die Website. Die Nachricht stand zwischen den anderen normalen Fragen und ihren Antworten, als wäre sie nichts weiter als das. Nur dass es eben keine Frage dazu gab. Für einen Moment klopfte mein Herz schneller, aber dann ging mir auf, dass Oliver, wenn er die Nachricht beherzigt hätte, am Bahnhof hätte auftauchen müssen. Offensichtlich hatten er und mein Vater ziemlich viel gemeinsam, und er hatte auch nicht vor, es hartnäckiger zu versuchen.

TJA, schrieb ich Jenny. GUT ZU WISSEN, SCHÄTZE ICH. WAR WOHL NICHTS.

Danach drückte ich das Gesicht gegen das Zugfenster und hoffte, dass niemand die Tränen bemerkte, die über meine Wangen liefen.

Nach sechs Stunden Zugfahrt holte Beate mich in Heilbronn vom Bahnhof ab.

»Svenja!«, begrüßte sie mich mit einem strahlenden Lächeln. »Bist du nicht froh, wieder zu Hause zu sein?«

Ich murrte eine Antwort vor mich hin, was ihr ein missbilligendes Zungenschnalzen entlockte. »Du könntest ruhig ein bisschen höflicher sein.«

Nett von ihr, mich schon mit den ersten zwei Sätzen daran zu erinnern, warum ich sie nicht mochte.

Als wir aus dem maroden Bahnhofsgebäude nach draußen traten und zum Parkplatz gingen, kam mir alles so schrecklich klein vor. In Hamburg brauchte man sicher eine Viertelstunde, um von einem Ende des Bahnhofs zum anderen zu kommen. Hier schafften wir es in einer Minute. Am Rand der Stadt, wo Beate wohnte, waren wir in zwanzig Minuten. Hinter dem Haus mit ihrer Wohnung fingen direkt die Weinberge an. Verdammtes Kaff.

Ich schleppte mein Zeug nach oben und hörte Beate kaum zu, während sie etwas davon erzählte, dass ich im Gästezimmer untergebracht sein würde.

Ich bekam das WLAN-Passwort nicht. Eine kurze Erkundigung brachte zutage, dass es hier nicht mal Internet gab. Großartig.

Zum Abendessen gab es gegrillte Selleriescheiben und dazu Mineralwasser.

»Wenn du möchtest, besuchen wir morgen deine Mutter«, erklärte sie noch immer viel zu fröhlich.

Ich nickte eilig und rang mir ein Lächeln ab, damit sie nicht wieder einen Grund zu meckern hatte.

Nach dem Essen täuschte ich Kopfschmerzen vor und verzog mich schnell ins Gästezimmer. Doch an Schlaf war nicht zu denken, ständig warf ich mich hin und her. Jedes

Mal, wenn ich fast weggedämmert war, schreckte ich wieder hoch, weil ich das vertraute schnurrende Fellbündel auf meinem Kopfkissen vermisste. Wie hatte ich eigentlich je ohne Horst schlafen können?

Am nächsten Morgen wurde ich von Beate viel zu früh aus dem Bett geworfen. Nicht, weil wir irgendwohin mussten, sondern einfach, weil es »in diesem Haushalt immer zu einer festen Zeit« Frühstück gab. Beim Frühstück musste ich mir anhören, ich solle nicht so mürrisch dreinschauen, während Beates eigene Kinder die Köpfe über ihre Müslischüsseln gesenkt hielten und wahrscheinlich froh waren, dass sie nicht Ziel der ständigen Kritik wurden.

»Was soll denn deine Mutter denken, wenn sie dich später so sieht?«, tadelte Beate.

Ich hob die Schultern. »Keine Ahnung. Vielleicht dass ich mir Sorgen um sie mache oder so?«

Das sorgte immerhin dafür, dass Beate für den Rest des Essens die Klappe hielt.

Nach dem Frühstück verzog ich mich ins Gästezimmer und verbrauchte wahrscheinlich viel zu viel von meinem monatlichen Datenvolumen, indem ich übers Mobilnetz im Internet surfte. Anna und David meldeten sich zwischendurch, um zu fragen, wie es mir ging. Mein Vater rief ebenfalls kurz an.

»Bist du gut angekommen?«

»Mhm«, machte ich. Ich versuchte so zu klingen, als wäre

ich immer noch sauer auf ihn, aber es war nicht mehr viel Wut übrig.

»Du kannst dich jederzeit bei mir melden, wenn du irgendwas brauchst, okay?«

»Danke.«

»Grüß deine Mutter von mir, okay?«

Ich gab einen bestätigenden Laut von mir und verkniff mir im letzten Moment zu sagen, dass ich ihn vermisste. »Und du grüß Horst von mir«, sagte ich stattdessen.

Ich konnte ihn lächeln sehen. »Mache ich.« Dann legte er auf.

Kein Wort von Oliver. Ich versuchte nicht an ihn zu denken, aber ich dachte die ganze Zeit an ihn. Ich las die Nachricht noch mal, die mein Vater auf der Kummerkastenseite hinterlassen hatte. Wenn Oliver sie gelesen hatte und ihm noch etwas an mir lag, dann hätte er zumindest eine Nachricht geschrieben, oder? Vielleicht war ihm das ganze Drama zu viel gewesen. Ich meine, ich hatte eventuell ein bisschen überreagiert im Schwimmbad, oder? Vielleicht fand er die ganze Sache aber auch so lächerlich, dass er froh war, nichts mehr mit mir zu tun zu haben.

Am Nachmittag kam Beate schließlich von der Arbeit wieder und verbreitete allgemeine Hektik, weil wir in einer halben Stunde in Richtung Krankenhaus aufbrechen wollten. Als ob meine Mutter sonst irgendwo hingehen würde und es einen Unterschied machte, ob wir eine halbe Stunde früher oder später dort aufschlugen.

Es klingelte an der Tür, und ich hörte Beate eine Weile schimpfen. Fast hatte ich Mitleid mit dem Menschen, der wahrscheinlich versuchte, ihr irgendetwas zu verkaufen. Schließlich knallte sie die Tür ins Schloss, und ich hörte sie missbilligend mit der Zunge schnalzen, während sie sich dem Gästezimmer näherte. Viel zu laut hämmerte sie gegen die Tür. »Svenja! Kommst du? Wir müssen los!« Ihre Stimme hätte gut bis ans andere Ende des Hauses getragen. Dachte sie, ich wäre taub?

»Ich komme!«, rief ich zurück.

Im selben Moment brummte mein Handy. Automatisch griff ich danach.

»Nicht trödeln!«, rief Beate auf der anderen Seite der Tür.

Okay, wahrscheinlich sollte ich die Nachricht einfach gleich im Auto lesen, bevor Beate explodierte. Obwohl diese Vorstellung recht verlockend war.

Kaum aus dem Zimmer, wurde ich von Beate Richtung Tür gescheucht. Eilig schlüpfte ich in meine Schuhe. Meine Güte, die Frau musste sich echt ein bisschen entspannen. Sie war den ganzen Weg in Richtung Auto hektisch und erinnerte mich dreimal daran, dass ich mich anschnallen musste. Gerade als sie den Motor startete, fiel mein Blick auf jemanden, der den schmalen Weg entlangkam, der hinter das Haus führte.

Der Junge sah aus wie Oliver. Ich blinzelte. Vermisste ich ihn jetzt schon so sehr, dass ich ihn überall sah? Aus zusammengekniffenen Augen schaute ich noch einmal hin.

Es war Oliver. Er wirkte ziemlich niedergeschlagen.

Für einen Moment konnte ich nichts weiter tun als starren. Das konnte nicht sein. Hamburg war sechs Stunden Zugfahrt von hier entfernt. Keine Chance, dass er aus reinem Zufall hier vorbeikam.

Erst als Beate ausparkte und mir der Blick auf ihn von einem Busch versperrt wurde, erwachte ich aus meiner Erstarrung. Ich erinnerte mich an die Nachricht, die ich vorhin bekommen hatte, und checkte mein Handy. Sie war von Oliver.

MACH MAL DEIN FENSTER AUF.

Was zur Hölle? Jetzt fiel mir aber auch wieder ein, wie es an der Tür geklingelt hatte. Das war Oliver gewesen! Dann ergab die Aufforderung mit dem Fenster auch Sinn. Aber woher wusste er überhaupt, wo ich hier in Heilbronn untergekommen war? Hatte mein Vater ihm das verraten? Das würde zu ihm passen.

Beate fuhr langsam los, und Oliver kam wieder in Sicht. Ich starrte ihn an. Er war von Hamburg hierhergekommen. Meinetwegen. Er musste die Nachricht auf der *Friends*-Seite gelesen haben. Zu spät vielleicht. Und er war mir hinterhergefahren. Ihm lag tatsächlich genug an mir, dass er sechs Stunden mit dem Zug gefahren war in der Hoffnung, mich hier zu finden. Mein Herz schlug schneller.

»Halt an.«

»Was?«, fragte Beate.

»Halt an.«

»Was auch immer es ist, es kann auch noch warten, bis wir beim Krankenhaus sind.«

»Nein! Halt an, sofort!« Mit einem Mal war es mir komplett egal, was Oliver vor mir geheim gehalten hatte. Er war hier, ich war ihm nicht gleichgültig, und ich hatte ihn schrecklich vermisst. Ich würde ihn nicht einfach niedergeschlagen vor Beates Haus stehen lassen, während ich meine Mutter besuchte.

»Ganz bestimmt nicht, junge Dame!«

Wie konnte eine einzelne Person so unausstehlich sein? Ich sah Oliver vor dem Haus kleiner werden, und ich hätte heulen können. Was, wenn er zurückfuhr, bevor wir wiederkamen? Ich wollte doch nur mit ihm reden!

Dann packte mich die Wut. Wenn Beate nicht freiwillig anhielt, würde ich sie eben dazu bringen. Ich schnallte mich ab und öffnete meine Tür.

»Svenja!« Beate trat auf die Bremsen, und ich verspürte grimmig Befriedigung. Bevor sie irgendetwas tun konnte, sprang ich aus dem Auto, das jetzt nur noch in Schrittgeschwindigkeit dahinrollte. Während ich auf Oliver zurannte, hörte ich Beate hinter mir fluchen. Ein Wunder, dass sie dafür überhaupt das Vokabular hatte.

Olivers Miene hellte sich auf, als er mich entdeckte. Beinahe wäre ich ihm um den Hals gefallen, als ich ihn erreichte, aber dann erinnerte ich mich daran, dass wir uns im Streit getrennt hatten, und ich blieb ein paar Schritte vor ihm stehen.

Er lächelte ein wenig verlegen. »Hi.«

»Was machst du hier?« Das war vielleicht nicht die freundlichste Begrüßung, aber eine berechtigte Frage, wie ich fand.

Olivers Lächeln wurde noch ein wenig verlegener. »Freut mich auch, dich zu sehen.«

Unwillkürlich musste ich lachen. Die ganze Situation war zu absurd. So was passierte doch nur in Filmen! »Du bist total verrückt. Bist du echt von Hamburg nach Heilbronn gefahren, nur um hier vor der Tür zu stehen?«

Oliver hob die Schultern. »Ich hab die Nachricht von deinem Vater zu spät gesehen. Also, eigentlich hab ich sie gar nicht gesehen. David hat sie entdeckt, ist bei mir vor der Tür aufgetaucht und hat mich zusammengestaucht, was mir einfällt, dich einfach so ziehen zu lassen.« Er lächelte, während ich mir vorstellte, wie David Oliver heruntergeputzt hatte. »Aber es hat nicht gereicht, dass wir es rechtzeitig zum Bahnhof geschafft haben.« Dann wurde er wieder ernster. »Er hat mir auch erzählt, wie fertig du warst nach unserem Streit. Also haben wir unsere Sparschweine geplündert, zusammengelegt, und ich bin dir gleich heute Morgen nachgefahren. David hat die Adresse von deinem Vater organisiert.«

Wusste ich doch, dass mein Vater so was unterstützen würde. Irgendwie sorgte das dafür, dass mich eine Welle der Zuneigung zu ihm übermannte.

»Es tut mir so leid«, fuhr Oliver fort. »Ich habe einfach …

Ina schafft es irgendwie immer, dass ich mich dazu verpflichtet fühle, ihr zu helfen. Ein paar Leute haben ihr die Schuld gegeben an der Sache mit Katharina …«

Oh, das ergab Sinn. Auf einmal konnte ich mir vorstellen, warum Oliver immer wieder nett zu Ina war, egal wie scheußlich sie sich benahm.

»Ich habe nicht erwartet, dass sie gleich als Nächstes zu dir geht und es so wirken lässt, als hätten wir irgendwas angestellt.«

Ich nickte, und meine Wut auf ihn verrauchte. Er war von Hamburg hierhergefahren, um sich noch mal bei mir zu entschuldigen.

Und ich stellte fest, dass ich ihm diesmal glaubte.

Ich warf mich nach vorn und schlang ihm die Arme um den Hals. Sofort drückte Oliver mich an sich.

»Tut mir leid, dass ich dir nicht geglaubt habe«, murmelte ich.

»Ich versteh schon, was du gedacht haben musst«, gab er zurück.

Beate wählte diesen Moment, um wütend herangestapft zu kommen. »Svenja!«, rief sie. »Deine Mutter wird hiervon erfahren!«

Ich löste mich von Oliver und drehte mich zu ihr um. »Gut. Oliver kommt nämlich mit ins Krankenhaus.«

»Meinst du, das ist der richtige Zeitpunkt, um mich vorzustellen?«, murmelte er hinter mir.

Ich lächelte. »Mach dir keine Sorgen. Meine Mutter kann

noch nicht genug Worte, um viele blöde Fragen zu stellen.«

Oliver lachte, während Beate uns düster anstarrte.

Beate war nicht begeistert davon, einen »wildfremden jungen Mann« in meine Nähe zu lassen, aber nachdem ich mich schlicht weigerte, ohne ihn irgendwo hinzugehen, gab sie schließlich nach.

Während wir durch die Krankenhausflure gingen, hielt er meine Hand. Ich war seit Tagen nicht mehr so glücklich gewesen.

Meine Mutter fanden wir schließlich im Aufenthaltsraum des Krankenhauses. Sie sah fast aus wie immer, nur mit ein bisschen weniger Make-up und ein bisschen weniger perfekt gestyltem Haar. Als sie mich sah, lächelte sie, und ich vergaß alles andere, rannte auf sie zu und nahm sie in den Arm.

»Svenja!«

Ich hätte fast geheult, so glücklich war ich darüber, dass sie tatsächlich meinen Namen sagen konnte.

Nach einem Moment schob sie mich von sich fort. »Ich habe …«, begann sie, schien dann ein bisschen unsicher zu sein, wie sie fortfahren sollte. Stattdessen deutete sie auf ihr Herz, und ich nickte.

»Ich hab dich auch vermisst.«

Sie lächelte. »Dein … Vater?«, fragte sie.

Ich seufzte. Ich war nicht mehr sauer auf ihn, nur noch enttäuscht und ein wenig verletzt. Aber jetzt da ich mich mit

Oliver wieder vertragen hatte, erschien mir auch die Sache mit Brigitte Berg und seiner Geheimniskrämerei nicht mehr ganz so schlimm. Und es schien ihm aufrichtig leidzutun, und er schien sich wirklich zu bemühen, Teil von meinem Leben zu bleiben.

»Er ist echt nett«, sagte ich. »Ich war … ich war gern bei ihm. Er ist gar nicht so ungeeignet für ein Familienleben, glaube ich.« Ich war mir nicht sicher, ob sie alles verstand, was ich sagte, aber ich fing einfach an, ihr zu erzählen, was ich in Hamburg erlebt hatte. Von Horst und davon, wie mein Vater mich ins Planetarium geschleppt hatte, weil er hatte wissen wollen, ob ich irgendwelche Jungs-Dinge am Laufen hatte.

Je mehr ich redete, desto mehr hellte sich die Miene meiner Mutter auf. Am Ende lachte sie, und ich lachte mit ihr, schon allein, weil es schön war, sie glücklich zu sehen. Es war wahrscheinlich voll uncool, das zuzugeben, aber ich hatte sie echt vermisst.

Trotzdem … ich dachte an das Telefongespräch mit meinem Vater am Vormittag und daran, wie Beate mich jetzt schon schier in den Wahnsinn trieb. Außerdem, allein die Vorstellung, dass Oliver demnächst in einen Zug steigen und nach Hamburg zurückfahren musste, während ich hierblieb, sorgte dafür, dass ich mich schon wieder richtig scheußlich fühlte. Schließlich holte ich tief Luft. »Ich würde gerne wieder zurück. Bis es dir wieder richtig gut geht, vielleicht?«

Ich hatte keine Ahnung, was danach passieren würde. Irgendwann würde ich wohl nach Heilbronn zurück müssen. Immerhin wollte ich nicht für immer bei meiner Mutter ausziehen. Aber je mehr ich darüber nachdachte, desto mehr wollte ich zumindest so viel Zeit in Hamburg verbringen, wie eben möglich war.

Die Augen meiner Mutter wurden groß. Damit hatte sie ganz offensichtlich nicht gerechnet. Sie öffnete den Mund, um irgendetwas zu sagen, schien aber nicht die richtigen Worte zu finden. Immerhin war das vielleicht mal ganz praktisch. Zur Abwechslung musste sie mir zuhören, anstatt mir irgendwelche Vorträge zu halten.

»Ich weiß, dass er nicht perfekt ist«, sagte ich. »Aber er ist mein Vater, und ich glaube, es tut ihm ernsthaft leid, dass er uns im Stich gelassen hat. Und es muss nicht immer alles perfekt sein, weißt du? Niemand ist perfekt, aber er gibt sich echt Mühe.«

Überrascht starrte meine Mutter mich an. »Oh … Ich …« Wieder suchte sie sichtlich nach Worten. »Ich dachte, du willst … nach Hause.«

»Hast du deshalb die Sache mit Beate organisiert?«, fragte ich. Hatte sie gedacht, das Jugendamt hätte mich zu meinem Vater gesteckt, und sie müsste mich irgendwie retten, kaum dass sie sich gut genug verständigen konnte? Aus ihrer Perspektive ergab das wahrscheinlich Sinn, und irgendwie war es schön zu wissen, dass sie sogar dann versuchte, für mich da zu sein, wenn sie kaum einen geraden Satz rausbekam.

Meine Mutter nickte.

Ich winkte Oliver zu mir, der ein bisschen abseits gewartet hatte, und nahm seine Hand. »Das ist Oliver. Mein Freund.« Es tat gut, dass so auszusprechen, und Oliver strahlte. »Er ist aus Hamburg hergekommen.«

Verstehen dämmerte im Gesicht meiner Mutter.

»Ich … Schau, ich weiß nicht, wie das am besten funktioniert«, fuhr ich fort. »Aber solange du noch nicht wieder nach Hause kannst, bin ich auf jeden Fall lieber in Hamburg als bei …« Ich deutete in Richtung Beate, die sich in der Nähe einen Sitzplatz gesucht hatte.

Meine Mutter seufzte, dann nickte sie.

Etwas später kam eine Schwester herein, um kurz nach ihr zu sehen. Meine Mutter hielt sie zurück, als sie wieder gehen wollte. »Reha?«, fragte sie.

Die Schwester lächelte. »Ja, Sie können bald zur Reha entlassen werden.«

»Hamburg?«, wollte meine Mutter wissen.

Die Schwester runzelte die Stirn. »Sie wollen in Hamburg zur Reha gehen?«

Während mein Herz einen kleinen glücklichen Satz machte, nickte meine Mutter. Sie deutete auf mich. »Svenja …«

»Ich gehe wieder nach Hamburg zurück«, erklärte ich.

Die Schwester lächelte. »Ich verstehe. Ich werde das weitergeben. Mal sehen, was sich machen lässt.«

Kapitel 18

Als ich einige Tage später wieder in Hamburg aus dem Zug stieg, sah ich direkt zu der Galerie über den Gleisen. Es dauerte nur einen Moment, dann entdeckte ich sie. Anna, David und Oliver lehnten am Geländer. Oliver war schon vor mir wieder zurückgefahren, damit seine Eltern sich keine Sorgen machen mussten. Er hatte ihnen vor seiner Abfahrt nur erzählt, er würde bei einem Freund übernachten.

Ich hatte dagegen immerhin noch einen halben Tag bei Jenny und einen weiteren halben bei meiner Mutter verbracht, um sie beide auf den neuesten Stand zu bringen. Jenny war enttäuscht, dass wir uns erst mal nicht sehen würden, aber auch total hin und weg, als ich ihr von Olivers Aktion erzählte.

»Wahrer Liebe kann man nicht im Weg stehen!«, hatte sie lachend erklärt und mir das Versprechen abgerungen, sie bei der ersten Gelegenheit zu besuchen.

Als ich meinen Freunden nun zuwinkte, winkten sie alle drei enthusiastisch zurück. Ein wenig hinter ihnen hob auch mein Vater die Hand. Ich lächelte und machte mich daran, meinen Koffer in Richtung Treppe zu ziehen.

Oliver kam mir auf halbem Weg entgegen und nahm mir den Koffer ab. Er lächelte, und für einen Moment sah ich nichts außer seinen strahlend grünen Augen. »Willkommen zu Hause«, sagte er.

Es klang richtig, auch wenn ich mich meiner Mutter gegenüber sofort ein wenig schuldig fühlte. Konnte man eigentlich mehr als ein Zuhause haben?

Am Kopfende der Treppe fiel mir Anna um den Hals. »Schön, dass du wieder da bist!«

Ich drückte sie. »Ich hab euch vermisst!«

»Wir dich auch!«

»Nun lass sie schon wieder los«, murrte David ein Stück hinter Anna. »Du machst Oliver noch ganz eifersüchtig.«

Anna lachte, drückte mich noch fester und vergrub den Kopf an meiner Schulter, bevor sie mich schließlich losließ.

Sofort nahm stattdessen David mich in den Arm. Er drückte mich mindestens so fest wie Anna. Aus dem Augenwinkel sah ich, wie ein verschmitztes Grinsen über seine Lippen spielte und er in Olivers Richtung schielte. Dann legte er genau wie Anna zuvor den Kopf gegen meine Schulter. Ich musste lachen.

»David!«, erklang Olivers Stimme von der Treppe.

Lachend ließ David mich los. »Mit Anna hast du nicht geschimpft.«

»Anna hat eine Freundin!«

Also wusste David darüber jetzt auch Bescheid.

»Danke«, sagte ich, als wir uns wieder auf Armeslänge gegenüberstanden. »Für deine Hilfe, du weißt schon.«

Er grinste immer noch. »Wenn's beinhaltet, dass ich Oliver zur Schnecke machen kann, helfe ich immer gerne.«

Dann kam Oliver mit meinem Koffer heran und knuffte David gegen die Schulter. »Wenn du recht hast, lasse ich dich sogar.«

Schließlich stand ich meinem Vater gegenüber. Seine Miene war ernst, aber in seinen Augen lag ein Lächeln. Ein bisschen zögerlich breitete er die Arme aus, als wäre er sich nicht ganz sicher, ob das eine gute Idee war. Schnell umarmte ich auch ihn.

»Willkommen zurück«, sagte er.

»Sorry«, sagte ich. »Für das Hin und Her.«

»Ich verstehe, dass du sauer warst, und so hast du deine Mutter besuchen können. Das hat auch etwas Gutes, oder?«

Das ließ sich wohl nicht leugnen.

Als wir etwas später in Richtung U-Bahn gingen, nahm Oliver meine Hand. Glücklich lächelte ich ihn an und verschränkte meine Finger mit seinen.

David schob sich auf meine andere Seite. »Ich hab mit ein paar Leuten geredet«, sagte er. »Wegen der ganzen Kummerkastensache.«

Oh ja. Das war eine Sache, über die ich lieber nicht allzu lange nachdachte. Das würde nach den Ferien eher weniger spaßig werden. Allerdings, was mich am meisten an der Sache mitgenommen hatte, war nicht, dass meine Mitschüler sich mal wieder idiotisch benahmen, sondern dass ich ausgerechnet durch Ina dieses eher lächerliche Geheimnis meines Vaters erfahren hatte. Und lächerlich war es ganz eindeutig. Nicht mal als düsteres Geheimnis taugte es sonderlich viel.

Nun da der erste Schock vergangen war, würde ich aber schon irgendwie damit klarkommen, dass die Schule wusste, dass mein Vater einen uncoolen Job hatte.

David sah meinen gedankenverlorenen Gesichtsausdruck und hob eine Hand. »Es ist weniger schlimm, als du denkst. Ina und ihre Freundinnen finden's halt lächerlich, aber wenn man die meisten anderen allein erwischt, ist es ihnen entweder egal oder sie finden's sogar cool. Immerhin arbeitet er überhaupt irgendwie für die *Friends*, das hat schon was.«

Ich atmete auf. Andererseits war es auch sehr gut zu wissen, dass ich im Prinzip mit nicht mehr als Inas üblichen Sticheleien zu rechnen hatte.

Mein Vater, der inzwischen mit meinem Koffer vor uns herging, sah über seine Schulter zurück. »Was diese Ina angeht, habe ich übrigens auch noch eine interessante Neuigkeit …«

Ein paar Tage später war ich gerade damit beschäftigt, per WhatsApp mit Jenny darüber zu diskutieren, wo zwischen den ganzen Bücherregalen in meinem Zimmer wohl ein Poster unserer Lieblingsband Platz hätte, als Horst neben mir die Ohren spitzte. Kurz darauf hörte auch ich die Schritte auf der Treppe, und dann wurde der Schlüssel in das Schloss der Wohnungstür geschoben. Mein Vater hatte den Tag in der Redaktion der *Friends* verbracht. Inas Praktikum sah vor, dass sie jeden Bereich der Website einmal kennenlernte. Was bedeutete, dass sie heute den ganzen Tag zusammen mit meinem Vater E-Mails beantwortet hatte. Er hatte dafür extra einen Arbeitsplatz in der Redaktion gestellt bekommen. Das war die Neuigkeit gewesen, die er mir schon bei meiner Ankunft am Bahnhof mitgeteilt hatte.

Ich sprang zur selben Zeit auf wie Horst, und gemeinsam warteten wir auf meinen Vater im Flur. Als er unsere erwartungsvollen Blicke sah, grinste er. »Also, ich bin mir ziemlich sicher, dass Horst einfach hinter den Ohren gekrault werden möchte. Du auch, Svenja?«

Ich streckte ihm die Zunge raus. »Wie ist es gelaufen?«

Er lachte, während er die Tür hinter sich zuschob. »Immer mit der Ruhe.«

»Nee, ernsthaft jetzt! Wenn sie scheußlich zu dir war oder so was …«

Das sorgte dafür, dass aus dem Grinsen ein warmes Lächeln wurde. »Oh, ich fühle mich geschmeichelt, dass du dir Sorgen um mich machst. Und sie war ungefähr den halben Tag lang biestig. Dann haben wir angefangen zu reden.« Mein Vater schüttelte den Kopf. »Was für ein armes Mädchen.«

Ich schnaubte. »Warum habt ihr alle immer Mitleid mit Ina?«

Er lachte. »Svenja, die meisten Leute sind deshalb scheußlich zu anderen Menschen, weil sie selbst unglücklich sind. Schau doch mal, wie biestig du warst, als du hergekommen bist.«

Verglich er mich ernsthaft gerade mit Ina? Ich verschränkte die Arme vor der Brust. »Ich hab aber nicht zufällig einfach irgendwen angegiftet. Ich finde, ein bisschen Angifterei hattest du verdient.«

»Stimmt. Und ich sage auch nicht, dass es in Ordnung ist, was Ina macht. Aber wenn man versteht, warum sich jemand verhält, wie er sich verhält, kann man da ansetzen, und manchmal macht es das besser. Die zweite Hälfte des Tages war ganz in Ordnung.«

Wer hätte das gedacht! Mein Vater hatte Ina gezähmt.

Epilog

Am ersten Schultag nach den Ferien freute ich mich zwar nicht darauf, wieder in die Schule zu gehen – ernsthaft, wer tat das schon? –, aber immerhin kam mir die Aussicht auch nicht ganz unglaublich schrecklich vor. Oliver wartete schon an der U-Bahn-Haltestelle auf mich. Als ich aus der Bahn stieg, nahm er mein Gesicht in beide Hände und gab mir einen Kuss. Dann griff er nach meiner Hand, und gemeinsam schlenderten wir in Richtung Schule.

»Wie geht es deiner Mutter?«

Meine Mutter hatte inzwischen ihre Reha ganz in der Nähe von Hamburg angetreten. Mein Vater und ich hatten sie gestern besucht. »Sie bringt manchmal noch Worte durcheinander, aber es ist schon viel besser geworden.«

»Das ist doch super!«

Ich nickte. »Sie versucht auch irgendwas zu organisieren, damit sie, wenn sie wieder anfängt zu arbeiten, vielleicht nach Hamburg versetzt werden kann. Die haben ja eh inzwischen eine Vertretung für sie in Heilbronn, und die Firma hat hier eine Zweigstelle oder so was.«

In Olivers Gesicht blühte dieselbe vorsichtige Hoffnung

auf, die ich bei dieser Neuigkeit auch empfunden hatte. Es bedeutete, dass ich mich nicht entscheiden musste, bei welchem Elternteil ich leben wollte. Also, das musste ich natürlich schon, aber wenn das dann nur einen Unterschied machte, in welchem Stadtteil von Hamburg ich landete, war die Entscheidung deutlich weniger dramatisch.

»Aber ich schwöre dir«, fuhr ich fort, »ich nehme meinen Vater nicht noch mal mit, wenn ich sie besuchen gehe!«

»Haben sie gestritten?«

Ich verzog das Gesicht. »Schlimmer. Er hat versucht, mit ihr zu flirten!«

Oliver lachte, und ich lehnte mich gegen ihn.

Alles in allem könnte das Leben gerade deutlich schlimmer sein.

Nachwort

Ohne meine Agentin, Roswitha Kern, die mich dazu ermutigte, es mal mit einem Jugendroman zu versuchen, und die lange mit mir an der Handlung herumfeilte, bis ich den Bogen raushatte, hätte es »Das Leben ist zu kurz für kompliziert« ganz sicher nicht gegeben. Aber sie ist nicht die Einzige, der ich zu Dank verpflichtet bin.

Sehr unterstützt haben mich auch meine Testleser Melanie Metzenthin, Maria Drees and Hannah Belz. Es ist ihnen zu verdanken, dass dieser Roman deutlich weniger Ungereimtheiten und sicher halb so viele Irgendwies enthält, wie er hätte enthalten können.

Melanie Metzenthin hat mir außerdem dabei geholfen, eine passende Krankheit für Svenjas Mutter zu finden.

Mein Vater, Michael Bottlinger, hat sehr gute Ideen beigesteuert, als es darum ging, das Ende richtig hinzubekommen. Mein ursprünglicher Plan dazu war nämlich nicht halb so spannend, wie ich gedacht hatte.

Besonderer Dank gebührt auch meiner amerikanischen Freundin Alexandria Linn, die mir bei nächtlichen Schreib-Sessions vom anderen Ende der Welt aus Gesellschaft geleistet hat, mit der ich über Themen wie erste Küsse reden und der ich immer erzählen konnte, was meine Charaktere gerade anstellten. (Special thanks to Alexandria Linn, who kept me company from half the world away when I was writing in the middle of the night, and who was always there, when I wanted to talk about the things my protagonists were up to.)

Und zuletzt möchte ich Mikes Stiefschwester Svenja danken, deren Namen ich mir für meine Protagonistin ausgeborgt habe.

Über die Autorin

Andrea Ulmer, geb. 1985 in Karlsruhe, studierte Buchwissenschaft, Literaturwissenschaft und Ägyptologie in Mainz. Unter ihrem Mädchennamen Andrea Bottlinger schreibt sie seit Jahren erfolgreich fantastische Romane und war bereits mehrfach für den Deutschen Phantastik Preis nominiert. Sie lebt mit ihrem Mann und vier Katzen in Heilbronn.